# CARPINTEIROS, LEVANTEM BEM ALTO A CUMEEIRA

&

# SEYMOUR, UMA APRESENTAÇÃO

J. D. Salinger

# CARPINTEIROS, LEVANTEM BEM ALTO A CUMEEIRA & SEYMOUR, UMA APRESENTAÇÃO

*Tradução de* Jorio Dauster

www.lpm.com.br

L&PM POCKET

Coleção **L&PM** Pocket, vol. 656

Título original: *Raise High the Roof Beam, Carpenters and Seymour: an Introduction*

Primeira edição na Coleção **L&PM** POCKET: novembro de 2007
Esta reimpressão: julho de 2009

*Tradução*: Jorio Dauster
*Capa*: Ivan Pinheiro Machado
*Revisão*: Larissa Roso e Bianca Pasqualini

CIP-Brasil. Catalogação-na-Fonte
Sindicato Nacional dos Editores de Livros, RJ

---

S16c
Salinger, J. D. (Jerome David), 1919-
Carpinteiros, levantem bem alto a cumeeira; &, Seymour : uma apresentação / J. D. Salinger ; tradução, Jorio Dauster. – Porto Alegre, RS : L&PM, 2009.
182p. : . – (L&PM pocket ; 656)

Título original: *Raise High the Roof Beam, Carpenters; and, Seymour: an Introduction*
ISBN 978-85-254-1716-9

1. Ficção americana. I. Dauster, Jorio. II. Título. III. Título : Seymour. IV. Série.

07-4198. CDD: 813
CDU: 821.111(73)-3

---


Rua Comendador Coruja, 314, loja 9 – Floresta – 90220-180
Porto Alegre – RS – Brasil / Fone: 51.3225.5777 – Fax: 51.3221-5380

Pedidos & Depto. Comercial: vendas@lpm.com.br
Fale conosco: info@lpm.com.br
www.lpm.com.br

Impresso no Brasil
Inverno de 2009

*Se ainda existe no mundo alguém que leia só por prazer – ou até mesmo por acidente –, peço a ele ou a ela, com indizível afeto e gratidão, que divida em quatro partes iguais a dedicatória deste livro com minha mulher e meus dois filhos.*

# CARPINTEIROS, LEVANTEM BEM ALTO A CUMEEIRA

Certa noite, faz uns vinte anos, durante um surto de caxumba em nossa imensa família, minha irmã caçula, Franny, foi transferida com berço e tudo para o quarto obviamente não contaminado que eu repartia com meu irmão mais velho, Seymour. Eu tinha quinze anos; Seymour, dezessete. Por volta das duas da madrugada, fui acordado pelo choro insistente da nova companheira de quarto. Continuei deitado por alguns minutos, sem me mexer, ouvindo o berreiro, até que escutei ou senti que Seymour se movia na cama ao lado. Naquela época, mantínhamos uma lanterna na mesinha-de-cabeceira entre os dois para alguma emergência que, tanto quanto me recordo, jamais ocorreu. Seymour acendeu-a e levantou da cama. "Mamãe falou que a mamadeira está no fogão", avisei a ele. "Já dei para ela agorinha mesmo", disse Seymour. "Não está com fome." Caminhou no escuro até a estante e varreu lentamente as prateleiras, para um lado e para o outro, com a luz da lanterna. Sentei-me na cama. "O que é que você vai fazer?", perguntei. "Acho que ler alguma coisa para ela", respondeu Seymour, pegando um livro. "Ah, essa não", eu disse, "ela tem dez meses!" "Eu sei, mas os bebês têm ouvidos. Podem ouvir."

A história que Seymour leu para Franny naquela noite, à luz da lanterna, era uma de suas prediletas, um conto taoísta. Até hoje Franny jura que se lembra de Seymour lendo para ela.

*O duque Mu da China disse a Po Lo: "Você está bem entrado em anos. Haverá alguém em sua família capaz de substituí-lo na tarefa de procurar cavalos para mim?"*

*Po Lo respondeu: "Um bom cavalo pode ser selecionado por sua aparência e constituição física. Mas o cavalo fora de série – o que não levanta poeira nem deixa rastro – é algo evanescente e fugidio, tão intangível quanto o ar rarefeito. Os talentos de meus filhos situam-se em plano definitivamente inferior: reconhecem um bom cavalo quando o vêem, mas são incapazes de identificar um cavalo excepcional. No entanto, tenho um amigo chamado Chiu-Fang Kao, um vendedor de lenha e de legumes, que não fica nada a me dever em matéria de cavalos. Por favor, fale com ele."*

*O duque Mu assim fez, enviando-o logo depois em busca de um cavalo. Passados três meses, ele voltou anunciando que o encontrara. "Está agora em Sach'iu", acrescentou. "Que tipo de cavalo é ele?", perguntou o duque. "Ah, é uma égua baia", foi a resposta. Porém, quando alguém foi buscar o animal, verificou-se que era um garanhão negro como carvão! Muito contrariado, o duque mandou chamar Po Lo. "Esse seu amigo", disse ele, "que contratei para encontrar um cavalo, meteu os pés pelas mãos. Ora bolas, não sabe nem distinguir a cor ou o sexo de um animal! O que é que ele pode entender de cavalos?" Po Lo soltou um suspiro de satisfação. "Será mesmo que ele chegou a tal ponto?", perguntou em tom excitado. "Ah, então ele é dez mil vezes melhor do que eu. Não há comparação entre nós. O que o Kao tem em mira são os elementos espirituais. Certificando-se do essencial, esquece os detalhes comezinhos; concentrando-se nas qualidades internas, perde de vista os sinais exteriores. Ele vê o que quer ver, e não o que não quer ver. Vê o que precisa ver e esquece o que não precisa ver. Kao é tão sábio como avaliador de cavalos que deveria julgar algo melhor do que simples animais."*

*Quando o cavalo chegou, provou ser extraordinário.*

Reproduzi aqui o conto não apenas porque saio dos meus cuidados a fim de recomendar uma boa chupeta literária aos pais e irmãos mais velhos de bebês de dez meses, mas por outra razão totalmente diversa. O que se segue é o relato de um dia de casamento em 1942. A meu juízo, trata-se de um relato completo , com começo e fim peculiar. No entanto, como estou de posse da informação, julgo necessário mencionar que o noivo, neste ano de 1955, já não se conta entre os vivos. Suicidou-se em 1948, quando passava as férias com a mulher na Flórida...[1] Sem dúvida, contudo, o que eu quero mesmo dizer é o seguinte: desde que o noivo saiu definitivamente de cena, não consigo pensar em ninguém mais a quem confiaria a tarefa de procurar um cavalo para mim.

Em fins de maio de 1942, a filharada – sete ao todo – de Les e Bessie (Gallagher) Glass, artistas aposentados da trupe de vaudevile do Circuito Pantages, estava esparramada, para usar um termo propositadamente extravagante, por todos os Estados Unidos. Eu, por exemplo, o segundo mais velho, estava no hospital militar de Fort Benning, na Geórgia, com pleurisia – pequeno memento de treze semanas de treinamento básico como soldado de infantaria. Os gêmeos, Walt e Waker, tinham se separado um ano antes. Waker estava num campo de pacifistas em Maryland, enquanto Walt se encontrava em algum ponto do Pacífico – ou a caminho de lá – com um batalhão de artilharia. (Nunca soubemos direito por onde Walt andou nessa época. Jamais foi de escrever cartas, e pouquíssimas informações pessoais – quase nada – chegaram até nós após sua morte. Perdeu a vida num acidente militar absolutamente ridículo no fim do outono de 1945, no Japão.) Minha irmã mais velha, Boo Boo, que se encaixa cronologicamente entre mim e os

1. O suicídio de Seymour é relatado no conto "Um dia ideal para os peixes-banana", da coletânea de J. D. Salinger traduzida para o português com o título de *Nove estórias* (Editora do Autor). (N.T.)

gêmeos, era subtenente no corpo feminino da Marinha e, entre uma viagem e outra, servia numa base naval no Brooklyn. Durante toda aquela primavera e o verão, ocupou o pequeno apartamento em Nova York que meu irmão Seymour e eu tínhamos praticamente abandonado desde nossa convocação. Os dois mais moços, Zooey (homem) e Franny (mulher), viviam com nossos pais em Los Angeles, onde papai procurava novos talentos para um estúdio cinematográfico. Zooey tinha treze anos; Franny, oito. Ambos se apresentavam todas as semanas num programa radiofônico de perguntas para crianças chamado, com discutível ironia, "Crianças sabidas". Talvez cumpra dizer aqui que, num ou noutro momento – ou melhor, num ou noutro ano –, todas as crianças da família participaram daquele programa como "convidadas" pagas. Seymour e eu fomos os primeiros, nos idos de 1927, quando tínhamos, respectivamente, dez e oito anos, época em que o programa ia ao ar de um dos salões de convenção do velho Hotel Murray Hill. Todos os sete, de Seymour a Franny, se apresentavam usando pseudônimos. Pode parecer muitíssimo estranho, já que éramos filhos de artistas de teatro, seita em geral pouco avessa à publicidade, mas minha mãe certa feita havia lido um artigo numa revista sobre as pequenas cruzes que as crianças profissionais são obrigadas a carregar – seu afastamento da sociedade normal e supostamente desejável – e, tendo tomado uma posição férrea sobre o assunto, dela jamais se afastou. (Não cabe aqui discutir se a maioria das crianças "profissionais", se não todas, deveriam ser legalmente proibidas de se exibir, vistas como um objeto de compaixão, ou executadas sem dó por perturbar a ordem pública. Por enquanto limito-me a informar que nosso rendimento conjunto no "Crianças sabidas" permitiu que seis de nós completassem os estudos universitários, enquanto a sétima vai pelo mesmo caminho.)

Nosso irmão mais velho, Seymour – que é de quem vou tratar quase exclusivamente aqui –, era cabo no que, em 1942, ainda se chamava o Corpo Aéreo. Servia numa base de aviões B-17 na Califórnia, onde, *creio* eu, trabalhava no setor administrativo da companhia. Posso acrescentar, e não de forma incidental, que era o escritor de cartas menos prolífico da família. Acho que não recebi nem cinco cartas dele em toda a minha vida.

Na manhã de 22 ou 23 de maio (ninguém na família jamais datou uma correspondência), uma carta de minha irmã Boo Boo foi colocada no pé da minha cama no hospital militar de Fort Benning enquanto meu diafragma estava sendo envolvido em tiras de esparadrapo (um procedimento médico aplicado com freqüência em pacientes que sofrem de pleurisia, supostamente a fim de impedir que eles se despedacem de tanto tossir). Terminada a provação, li a carta de Boo Boo. Ainda a guardo, e aqui vai ela na íntegra.

*Querido Buddy,*

*Estou numa pressa danada para fazer as malas, por isso vou ser breve mas incisiva. O almirante Belisca-Bunda decidiu que precisa voar para locais desconhecidos como parte do esforço de guerra, e decidiu também levar sua secretária, se eu me comportar direitinho. Estou cheia disso tudo. Além da coisa do Seymour, isso significa dormir em gélidas barracas nas bases aéreas, levar cantadas infantis de nossos bravos combatentes e enfrentar aqueles horríveis saquinhos de papel nos quais se vomita nos aviões. A questão é que o Seymour vai se casar – repito,* se casar *– e por isso, por favor, preste atenção. Não vou poder estar presente. Posso ficar fora, nessa viagem, de seis semanas a dois meses. Conheci a moça. Na minha opinião, é um zero à esquerda, mas muito bonita. Não tenho certeza de que ela é mesmo um zero à esquerda. Na verdade, ela não disse* *nem duas palavras na noite em que a conheci. Só ficou lá sentada, rindo e fumando, por isso não é justo que eu diga uma coisa dessas. Não sei nadinha sobre o romance, a não ser que aparentemente eles se encontraram quando o Seymour serviu em Monmouth no inverno passado. A mãe é o fim – metida a entender de todas as artes, se consulta duas vezes por semana com um "excelente" junguiano (na noite em que a conheci me perguntou duas vezes se eu já tinha feito análise). Disse que só gostaria que o Seymour tivesse um grau maior de socialização. No mesmo fôlego, disse que o adorava, embora etc. etc. e que costumava ouvi-lo religiosamente durante todos os anos em que ele esteve no programa. E só o que sei, exceto que você tem de ir ao casamento. Não vou te perdoar nunca se você não for. No duro. Mamãe e papai não vão poder vir da Califórnia até aqui. Para complicar, Franny está com sarampo. Aliás, você a ouviu na semana passada? Engatou uma longa história sobre como costumava voar pelo apartamento todo quando tinha quatro anos e não havia ninguém em casa. O novo apresentador é pior do que o Grant – se possível, pior até do que o Sullivan nos velhos tempos. Disse que ela certamente tinha apenas sonhado que era capaz de voar. A danadinha agüentou firme. Respondeu que sabia que era capaz de voar porque, ao aterrissar, sempre tinha os dedos sujos de poeira porque tocava nas lâmpadas. Quero muito vê-la. A você também. Seja como for, você tem de ir ao casamento. Fuja do quartel se não tiver outro jeito, mas vá, por favor. É às três da tarde, no dia 4 de junho. Tudo muito não-sectário e emancipado, na casa da avó dela, na rua 63. Um juiz vai oficiar a cerimônia. Não sei o número, mas fica duas casas adiante de onde o Cari e a Amy viviam em meio a todo aquele luxo. Vou passar um telegrama para o Walt, mas acho que ele já embarcou. Por favor, vá lá, Buddy. Ele está pesando tanto quanto um gato e tem aquela expressão de êxtase que impede qualquer conversa. Talvez tudo aca-*

*be dando certo, mas odeio este ano de 1942. Acho que vou odiar 1942 até morrer, só por uma questão de princípio. Todo o meu amor, te vejo quando voltar.*

*Boo Boo*

Alguns dias depois de a carta chegar, tive alta do hospital, sob a custódia, por assim dizer, de uns três metros de esparadrapo em volta das costelas. Começou então a extenuante campanha de uma semana a fim de obter a licença para ir ao casamento. Por fim consegui, depois de ganhar laboriosamente a simpatia do comandante da companhia, um sujeito muito chegado aos livros, conforme ele mesmo confessou, e cujo autor preferido, assim quis a sorte, era também o meu: L. Manning Vines. Ou seria Hinds? Apesar desse vínculo espiritual, tudo o que consegui arrancar dele foi uma saída de três dias, a qual, na melhor das hipóteses, me daria apenas tempo suficiente para viajar de trem até Nova York, assistir ao casamento, engolir um jantar em algum lugar e voltar semimorto para a Geórgia.

Em 1942, tal como me recordo, todos os vagões de passageiros só tinham ar-condicionado em teoria, andavam cheios de policiais militares e cheiravam a suco de laranja, leite e uísque de centeio. Passei a noite tossindo e lendo uma revista em quadrinhos que alguém tivera a gentileza de me emprestar. Quando o trem parou em Nova York – às duas e dez da tarde do casamento –, eu já não tinha mais forças para tossir e estava totalmente exausto, suado, amarfanhado e com os esparadrapos coçando de forma diabólica. Como não havia tempo para passar pelo apartamento, deixei num daqueles armários de aço da Penn Station minha bagagem, que consistia numa pequena sacola de lona, fechada a zíper, de aspecto melancólico. Para tornar as coisas ainda mais irritantes, enquanto eu vagava pelas ruas à procura de um táxi, um o-tenente do Corpo de Sinaleiros, para quem eu emente deixara de bater continência ao atravessar a Sétima Avenida, sacou do bolso uma caneta e anotou meu nome, número de série e endereço diante de um punhado de civis que nos olhavam estupefatos.

Eu estava um trapo quando enfim peguei um táxi. Dei ao motorista indicações que me levariam ao menos até a antiga casa de Carl e Amy. No entanto, tão logo chegamos ao quarteirão, foi bastante simples. Havia até mesmo um toldo de lona. Um momento depois, entrei numa velha e enorme casa de fachada de pedra onde fui recebido por uma senhora muito bonita, de cabelos azulados, que me perguntou se eu era amigo da noiva ou do noivo. "Ah", ela disse, "bem, estamos juntando todo mundo." Deu uma risada exagerada e me indicou o que parecia ser a última cadeira de armar vazia numa imensa sala entupida de gente. Tenho um branco na memória, que já dura treze anos, com respeito aos detalhes da sala. Além do fato de que estava apinhada e de que fazia um calor insuportável, só me lembro de duas coisas: que havia um órgão tocando bem atrás das minhas costas e que a mulher sentada à minha direita se voltou para mim e disse entusiasticamente, num desses sussurros teatrais: "Sou a Helen Silsburn!". Pela localização de nossas cadeiras deduzi que não se tratava da mãe da noiva, mas, para evitar qualquer risco, sorri e balancei a cabeça amigavelmente, e já estava prestes a dizer quem eu era quando ela levou o dedo aos lábios num gesto de decoro – e ambos olhamos para a frente. Deviam ser três horas. Fechei os olhos e esperei, um tanto ansioso, que o organista interrompesse a música de fundo e mergulhasse na *Marcha Nupcial*.

Não tenho uma idéia muito clara do que se passou na hora e quinze minutos seguintes, além do fato importantíssimo de que a *Marcha Nupcial* não se fez ouvir.

Lembro de um pequeno e disperso grupo de rostos desconhecidos que, vez por outra, se voltavam dissimuladamente para ver quem estava tossindo. E lembro que a mulher à minha direita se dirigiu a mim de novo, no mesmo sussurro festivo. "Deve haver algum atraso", ela disse. "Você já viu o juiz Ranker? Tem o rosto de um *santo*!" E lembro a música do órgão, que em dado momento, de forma muito peculiar, quase desesperada, abandonou Bach em favor da primeira fase de Rodgers e Hart. De modo geral, entretanto, passei o tempo me fazendo pequenas visitas médicas devido à necessidade de suprimir os acessos de tosse. Durante todo o tempo em que fiquei naquela sala, tive a sensação permanente e meio covarde de que estava prestes a ter uma hemorragia ou, no mínimo, a fraturar uma costela, malgrado o colete de esparadrapo que me envolvia.

Às quatro e vinte – ou, para ser mais cruelmente preciso, uma hora e vinte minutos depois do que parecia ser uma expectativa razoável –, a noiva ainda não casada, cabeça baixa, ladeada pelos pais, foi conduzida para fora do prédio e amparada, frágil criatura, ao descer o longo lance de escadas até a calçada. Foi então depositada – quase passando de mão em mão – na primeira das negras e elegantes limusines que esperavam em fila dupla diante da casa. Foi um momento extraordinariamente pictórico – digno de uma revista de escândalos – e, como sói acontecer em tais momentos, contou com um bom número de testemunhas oculares, pois os convidados (inclusive eu) já tinham começado a deixar a casa aos magotes, mantendo o máximo de compostura, é verdade, mas num estado de atenta perplexidade. Se houve algum fator minimamente atenuante, foi o próprio tempo que o proporcionou. O sol de junho estava tão quente e tão radioso, brilhando com a intensidade de mil flashes fotográficos, que a imagem da noiva, ao descer como uma semi-inválida os degraus de pedra, ficou pouco nítida quando mais necessária era a falta de nitidez.

Tão logo o carro da noiva foi, ao menos fisicamente, removido de cena, a tensão na calçada – sobretudo ali, onde o toldo de lona terminava, perto do meio-fio, e eu zanzava junto com outros convidados – cedeu lugar ao que, fosse o prédio uma igreja e o dia um domingo, poderia ser equiparado à confusão bastante normal que ocorre quando a congregação se dispersa. De repente, contudo, circulou a informação – supostamente originada no tio da noiva, Al – de que os convidados deveriam usar os carros estacionados ao longo do meio-fio houvesse ou não recepção, com ou sem mudança de planos. A julgar pela reação ao meu redor, a oferta foi recebida como uma espécie de *beau geste*. Não é escusado dizer, porém, que os carros só poderiam ser usados depois que um pelotão de pessoas com cara de poucos amigos – identificadas como "parentes próximos" da noiva – se servissem de todos os veículos necessários para dar o fora dali. E, após um atraso misterioso, talvez devido apenas a um mero congestionamento (durante o qual permaneci estranhamente plantado onde estava), os "parentes próximos" enfim iniciaram seu êxodo, em certos casos na base de seis ou sete por carro e em outros de apenas três ou quatro. O número de passageiros, deduzi, dependia da idade, aparência e largura de quadris dos primeiros a chegar.

De repente, atendendo à sugestão feita por alguém de partida (embora formulada com bastante rispidez), vi-me postado junto ao meio-fio, na extremidade do toldo de lona, ajudando as pessoas a entrar nos carros.

Merece alguma reflexão a forma como fui selecionado para ocupar tal posto. Tanto quanto eu saiba, o desconhecido mas decidido senhor que me escolheu para a função não tinha a mínima idéia de que eu fosse irmão do noivo. Por isso, parece lógico que fui escolhido por outras razões, bem menos poéticas. Estávamos em 1942. Eu tinha 23 anos e havia sido recentemente convocado para o Exército. É evidente, portanto, que foram apenas minha idade, meu uniforme e a aura de prestimosidade verde-oliva por mim projetada que me qualificaram para servir de porteiro.

Eu não só tinha apenas vinte e três anos como era visivelmente retardado para a idade. Lembro-me de que fui enfiando as pessoas nas limusines sem a menor competência. Pelo contrário, desempenhei aquele encargo com uma dedicação pouco sincera, como um recruta que cumpre automaticamente as ordens recebidas. Na verdade, após alguns minutos dei-me conta de que estava servindo predominantemente aos interesses de uma geração mais idosa, mais baixa e mais corpulenta, e meu desempenho ao pegar as pessoas pelo braço e fechar portas foi ganhando ares de falsa eficiência. Comecei a me comportar como alguém excepcionalmente habilidoso, um jovem e simpático gigante sujeito a acessos de tosse.

Mas o calor da tarde era, no mínimo, opressivo, e a recompensa por meu trabalho deve ter me parecido cada vez menos satisfatória. De repente, embora a multidão de "parentes próximos" só houvesse começado a rarear, tratei de mergulhar numa das limusines que, tendo recolhido sua carga de convidados, aprestava-se para arrancar. Ao fazê-lo, talvez como uma forma de penitência, bati com força a cabeça no teto. Uma das passageiras não era outra pessoa senão minha sussurrante amiga Helen Silsburn, que imediatamente perguntou se eu havia me machucado. A pancada, é óbvio, devia ter ressoado por todo o carro. Aos 23 anos, porém, eu era o tipo de jovem que reage a todo acidente sofrido em público, exceção feita a uma fratura de crânio, com uma risada oca e imbecil.

O carro seguiu na direção oeste, rumando diretamente para a fornalha que era o céu naquele fim de tarde. Foi em frente por mais dois quarteirões, até chegar à avenida Madison, quando fez uma curva de noventa graus para a direita, rumo ao norte. Eu me senti como se tivéssemos sido salvos das terríveis chamas do sol graças unicamente à imensa clarividência de nosso anônimo chofer.

Ao longo dos primeiros quatro ou cinco quarteirões rumo ao norte na avenida Madison, a conversa no carro limitou-se sobretudo a comentários do gênero “Não o estou apertando?” e “Nunca senti tanto *calor* em toda a minha vida”. A fulana que nunca sentira tanto calor em toda a sua vida, como depreendi de observações colhidas junto ao meio-fio, era a Dama de Honra da noiva. Tratava-se de uma moça rechonchuda de uns 24 ou 25 anos, usando um vestido de cetim cor-de-rosa e uma tiara de malmequeres artificiais na cabeça. Dela emanava uma aura manifestamente atlética, como se, um ou dois anos antes, houvesse se formado em educação física na universidade. Segurava no colo um buquê de gardênias como se fosse uma bola de vôlei murcha. Estava sentada no banco de trás, prensada entre o marido e um velhinho que usava fraque e cartola e trazia entre os dedos, ainda não aceso, um charuto Havana claro. A sra. Silsburn e eu – nossos joelhos se tocando castamente – ocupávamos os assentos dobráveis da limusine. Duas vezes, sem nenhuma desculpa, apenas por puro deleite, dei uma olhadela na direção do velhinho. Quando eu estava enchendo o carro e segurei a porta para que ele entrasse, tive um impulso momentâneo de pegá-lo nos braços e enfiá-lo delicadamente pela janela aberta. Era pequenininho mesmo, com certeza não tinha mais do que um metro e cinqüenta e cinco ou seis, sem no entanto ser um anão. No carro, olhava rigidamente para a frente. Na minha segunda espiada, reparei no que parecia ser uma antiga mancha de molho na lapela de seu fraque. Notei também que sobravam mais de dez centímetros entre a cartola e o teto do carro. Porém, durante a maior parte daqueles primeiros minutos, eu ainda estava preocupado sobretudo com meu estado de saúde. Além da pleurisia e do doloroso galo na cabeça, tinha a impressão hipocondríaca de que estava ficando com a garganta inflamada. Por isso, dediquei-me a dobrar disfarçadamente a língua para trás, explorando a área suspeita. Se bem me recordo, estava olhando para a parte de trás do pescoço do motorista (que era um mapa em relevo de cicatrizes de antigos furúnculos) quando de repente minha companheira de assento dobrável dirigiu-se a mim: "Não tive a oportunidade de perguntar lá dentro. Como vai sua querida mãe? Você não é o Dickie Briganza?"

Minha língua, no momento em que a pergunta foi feita, estava em plena atividade exploratória lá nas funduras do céu da boca. Desenrolei-a, engoli em seco e me voltei na direção dela. Tinha uns cinqüenta anos e estava vestida com bom gosto, roupas da moda. Usava uma maquiagem pesadíssima. Respondi negativamente.

Ela apertou os olhos de leve e disse que eu me parecia muito com o filho da Celia Briganza. Especialmente em volta da boca. Tentei mostrar, por minha expressão facial, que esse era o tipo de erro que qualquer pessoa poderia cometer. Voltei então a contemplar a parte de trás do pescoço do chofer. Fez-se silêncio no carro. Olhei pela janela para mudar de cenário.

"Que tal o Exército?", perguntou a sra. Silsburn. Assim sem mais nem menos, para puxar conversa.

Tive um rápido acesso de tosse naquele preciso instante. Quando terminou, virei-me para ela com toda a vivacidade disponível e disse que tinha feito uma porção de amigos. Era um pouco difícil virar-me na direção dela por causa do estojo de esparadrapo que envolvia meu diafragma.

Ela assentiu com a cabeça. "Acho vocês todos simplesmente maravilhosos", disse, de forma um tanto ambígua. "Você é amigo da noiva ou do noivo?", perguntou, chegando delicadamente ao âmago da questão.

"Bem, na verdade não sou exatamente um amigo..."

"É melhor não dizer que é amigo do *noivo*", a Dama de Honra me interrompeu do banco de trás do carro. "Gostaria de pôr as mãos nele por uns dois *minutos*. Só *dois minutos* já seria o bastante."

A sra. Silsburn voltou-se por um instante – mas por completo – a fim de sorrir para quem havia falado. Feito isso, virou de novo para a frente. Na verdade, eu e ela fizemos a viagem de ida e volta quase ao mesmo tempo. Levando-se em conta que a sra. Silsburn se voltara para trás por apenas um segundo, o sorriso com que agraciou a Dama de Honra foi uma obra-prima na categoria assentos dobráveis. Vívido o bastante para expressar seu apoio ilimitado a todos os jovens do mundo, mas muito em particular àquela representante local sem papas na língua, a quem talvez só tivesse sido apresentada de forma perfunctória, se tanto.

"Garota sanguinária", disse uma voz masculina em tom gozador, ao que a sra. Silsburn e eu nos voltamos para trás outra vez. O dono da voz era o marido da Dama de Honra. Ele estava sentado diretamente às minhas costas e à esquerda de sua mulher. Trocamos um breve olhar, despido de qualquer companheirismo, que possivelmente, naquele ano nojento de 1942, só um oficial e um soldado raso eram capazes de trocar. Primeiro-tenente no Corpo de Sinaleiros, ele estava usando um interessantíssimo quepe de piloto do Corpo Aéreo – um quepe com pala do qual havia sido retirada a armação de arame da parte de cima, o que em geral conferia ao portador um certo ar, presumivelmente desejado, de intrepidez. No seu caso, contudo, o quepe não chegava nem perto de produzir tal efeito. Seu único propósito parecia ser o de fazer com que meu próprio quepe, regulamentar e grande demais, se sentisse como um chapéu de palhaço que alguém tivesse retirado nervosamente de um incinerador. Seu rosto era de uma palidez doentia e, no fundo, tinha um quê de assustado. Ele suava numa profusão quase incrível – na testa, no lábio superior, até na ponta do nariz –, a ponto de parecer que um tablete de sal se fizesse necessário. "Casei com a garota mais sanguinária das redondezas", disse ele, dirigindo-se à sra. Silsburn e dando outra casquinada para benefício da platéia. Numa deferência automática à sua condição de superior hierárquico, quase soltei uma risadinha em sintonia com a dele – uma breve e idiota risadinha, digna de um estranho e de um recruta, a qual indicaria claramente que eu estava com ele e com todos os demais passageiros... contra ninguém.

"Não estou brincando", disse a Dama de Honra. "Só dois minutos – isso bastava, minha gente. Ah, se eu pudesse só botar minhas duas mãozinhas..."

"Está bem, agora fica calma, calminha", disse o marido, ainda utilizando seu estoque aparentemente inesgotável de bom humor conjugal. "Fica calminha. Assim você garante uma vida mais longa."

A sra. Silsburn voltou-se de novo para o banco traseiro e presenteou a Dama de Honra com um sorriso de beatitude quase santificada. "Alguém viu o pessoal dele no casamento?", ela perguntou em tom suave, apenas com uma pequena ênfase, embora perfeitamente educada, na palavra "dele".

A resposta da Dama de Honra veio num volume pouco salutar para os tímpanos. "*Não.* Estão todos lá para os lados do *Pacífico* ou coisa que o valha. Eu só *queria* ter visto um deles."

Ouviu-se de novo a risadinha do marido. "E o que é que você ia fazer se visse, querida?", perguntou ele, dando uma piscadela de olhos significativa para mim.

"Bem, sei *lá*, mas, que eu ia fazer *alguma* coisa, lá isso ia", disse a Dama de Honra. A risadinha à esquerda dela aumentou de volume. “No duro!”, ela insistiu. “Ia *dizer* alguma coisa para eles. Juro. Puxa vida.” Ela falava com crescente autoconfiança, como se percebesse que, com o marido dando as deixas, todos ao alcance de sua voz estávamos nos sentindo atraídos por sua impetuosa franqueza e seu senso de justiça, por menos prático e maduro que ele fosse. “Sei lá o que eu ia dizer a eles. Provavelmente ia só falar alguma idiotice. Mas, puxa vida... *Realmente*! Só não consigo admitir que alguém faça uma sujeira dessas. Fico louca de raiva!” Interrompeu a tirada pelo tempo suficiente para que um olhar de fingida empatia da sra. Silsburn recarregasse suas baterias. Numa demonstração de infinito espírito gregário, a sra. Silsburn e eu estávamos agora virados de todo para trás em nossos assentos. “É verdade *mesmo*”, a Dama de Honra continuou. “As pessoas não podem simplesmente sair pela vida afora ferindo os sentimentos dos outros quando dá na veneta delas.”

“Infelizmente, sei muito pouco sobre o rapaz”, disse a sra. Silsburn em tom suave. “Na verdade, nem me encontrei com ele. A primeira vez que ouvi dizer que a Muriel ia se casar...”

“*Ninguém* se encontrou com ele”, disparou a Dama de Honra. “Nem eu me encontrei com ele. Fizemos dois ensaios e, nas duas vezes, o pobre do pai da Muriel teve de substituí-lo, porque a droga do avião em que ele vinha não levantou vôo. A idéia era que ele desse um pulo até aqui na noite de terça-feira passada numa porcaria dum avião do Exército, mas estava *nevando* ou sei lá o quê no Colorado ou no *Arizona*, ou num desses lugares malucos, e ele só chegou à uma da manhã de *ontem*. Aí, naquela hora insana, ele telefonou para a Muriel lá de Long Island ou coisa que o valha e pediu que ela fosse se encontrar com ele no saguão de algum hotel vagabundo para que eles pudessem *conversar*.” A Dama de Honra estremeceu de forma eloqüente. "E sabe como é a Muriel, uma pessoa tão boa que deixa qualquer imbecil fazer gato-sapato dela. Isso é o que me chateia. É sempre esse tipo de gente que acaba sofrendo... Seja como for, ela se vestiu, pegou um táxi e ficou sentada num saguão horroroso falando com ele até as quinze para as cinco da madrugada." A Dama de Honra largou o buquê de gardênias só o tempo suficiente para erguer dois punhos cerrados acima do colo. "*Ah*, sinto um ódio tão grande!"

"Que hotel?", perguntei à Dama de Honra. "Você sabe?" Tentei assumir um tom de voz neutro, como se, por acaso, meu pai trabalhasse no ramo da hotelaria e eu tivesse um compreensível interesse filial em saber onde as pessoas se hospedavam em Nova York. Na verdade, minha pergunta não significava quase nada. Só estava pensando em voz alta, mais ou menos. O que tinha me interessado era o fato de que meu irmão havia pedido à noiva para encontrá-lo num saguão de hotel, e não no seu apartamento vazio e disponível. A moralidade do convite não me causava estranheza, mas de todo modo atraiu ligeiramente meu interesse.

"Sei *lá* que hotel", a Dama de Honra respondeu irritada. "Um hotel *qualquer*." Encarou-me. "Por quê?", perguntou. "Você é amigo dele?"

Havia alguma coisa claramente intimidante em seu olhar. Parecia vir de uma mulher que, sozinha, valia por uma multidão inteira separada apenas pelo tempo e pelo acaso de sua cesta de tricô e da esplêndida vista da guilhotina. Toda a minha vida sempre tive pavor de multidões, de qualquer espécie. "Crescemos juntos", respondi de forma quase ininteligível.

"Bom, sorte sua!"

"Calma, calma", disse seu marido.

"Está bem, me *descuipe*", a Dama de Honra disse para ele, embora se dirigindo a todos nós. "É que vocês não passaram uma hora inteira num quarto vendo a coitadinha da menina chorar até não poder mais. Não tem a menor graça – e não se esqueçam disso. Já ouvi falar de noivos que ficam apavorados e tudo o mais. Mas isso não é coisa que se faça no *último* minuto. Quer dizer, não se faz um troço desses para deixar um monte de gente decente morta de vergonha, além de desmoralizar a menina! Se ele mudou de *idéia*, por que não escreveu para ela e rompeu o noivado como um cavalheiro, não é mesmo? Antes de causar todo aquele estrago."

"Tudo bem, calminha, fica calma", disse o marido. A risadinha ainda rondava por ali, mas soava cada vez menos convincente.

"Mas é isso mesmo! Por que ele não podia escrever e dizer a ela, como um homem, e evitar toda essa tragédia?" De repente, olhou para mim. "Aliás, você tem alguma idéia de onde ele está?", perguntou, com um toque metálico na voz. "Se foram amigos de *infância*, você deveria..."

"Só cheguei a Nova York faz umas duas horas", respondi nervosamente. Não apenas a Dama de Honra mas também seu marido e a sra. Silsburn estavam me encarando. "Até agora não tive a chance de chegar perto de um telefone." Nessa altura, me recordo que tive um acesso de tosse. Bem honesto, embora deva confessar que pouco me esforcei para contê-lo ou reduzir sua duração.

"Já procurou um médico para ver essa tosse, soldado?", perguntou o tenente quando me recuperei.

Naquele momento tive outro acesso de tosse – também perfeitamente genuíno, por mais estranho que pareça. Ainda estava meio de banda no assento dobrável, mas com o corpo suficientemente voltado para a frente do carro a fim de poder tossir com todas as devidas precauções higiênicas.

Pode parecer inoportuno, mas acho necessário introduzir aqui um parágrafo para responder a algumas perguntas bem difíceis. Em primeiro lugar, por que continuei sentado no carro? Excluídas todas as considerações incidentais, o carro sabidamente deveria levar seus ocupantes até o apartamento dos pais da noiva. Informação alguma, de primeira ou segunda mão, que eu pudesse ter obtido da combalida noiva não-casada ou de seus perturbados (e, muito provavelmente, furiosos) pais poderia compensar de alguma maneira o embaraço que minha presença na casa deles causaria. Então, por que eu continuava sentado no carro? Por que não tinha saltado, por exemplo, quando paramos no sinal vermelho? E, o que é ainda mais crucial, por que cargas-d'água tinha eu pulado para dentro do carro? Ocorre-me pelo menos uma dúzia de respostas para essas perguntas, todas elas, ainda que de forma vaga, suficientemente válidas. Mas acho que posso abrir mão delas e repetir apenas que estávamos no ano de 1942, que eu tinha 23 anos, que acabara de ser convocado e instruído sobre a conveniência de me manter junto ao rebanho... e que, acima de tudo, eu me sentia só. Há horas em que as pessoas simplesmente pulam para dentro de carros lotados e ficam lá sentadinhas.

Voltando à história, lembro que, enquanto os três – a Dama de Honra, seu marido e a sra. Silsburn – me encaravam coletivamente e observavam meu acesso de tosse, dei uma espiada de relance na direção do velhinho sentado ao fundo. Ele continuava a olhar fixamente para a frente. Reparei, quase com gratidão, que seus pés não chegavam a tocar no chão. Pareceram-me velhos e queridos amigos.

"Aliás, o que é que esse homem *faz*?", a Dama de Honra me perguntou quando emergi do segundo acesso de tosse.

"Está falando do Seymour?", perguntei. De início pareceu-me claro, por sua inflexão de voz, que ela estava pensando em algo especialmente ignominioso. Mas, de repente, ocorreu-me – pela mais pura intuição – que ela talvez estivesse secretamente de posse de um montão de fatos biográficos relativos ao Seymour, quer dizer, aqueles fatos mesquinhos, desafortunadamente dramáticos e (em minha opinião) basicamente errôneos sobre a vida dele. Que na infância ele fora Billy Black, uma "celebridade" radiofônica de âmbito nacional durante uns seis anos. Ou, para dar outro exemplo, que tinha começado a cursar a Universidade de Columbia pouco depois de fazer quinze anos.

"Sim, do Seymour", disse a Dama de Honra. "O que é que ele fazia antes de entrar para o Exército?"

Tive o mesmo lampejo de intuição de que ela sabia muito mais sobre ele do que, por algum motivo, queria revelar. Por exemplo, tive a impressão de que ela sabia perfeitamente que o Seymour ensinava inglês antes de ser convocado – que era um professor. *Professor.* Na verdade, por um momento, ao olhar para ela, veio-me a desconfortável sensação de que até sabia que eu era irmão do Seymour. Não era um pensamento que eu desejasse reter. Em vez disso, olhei-a nos olhos sem muita firmeza e disse: "Ele trabalhava como pedicuro". Dito isso, vireime bruscamente no assento e olhei pela janela. O carro estava parado havia alguns minutos, mas só então comecei a ouvir o rufar marcial de tambores ao longe, vindo da direção geral da Lexington ou da Terceira Avenida.

"É uma parada!", disse a sra. Silsburn. Ela também se havia voltado para a frente.

Estávamos nas ruas 80 e tanto, quase nas 90. Um policial plantado no meio da avenida Madison interrompia todo o trânsito dirigido para o sul ou para o norte. Até onde pude perceber, estava apenas parando o tráfego, e não o desviando para leste ou oeste. Havia três ou quatro carros e um ônibus esperando para seguir rumo ao sul, mas por acaso nosso carro era o único veículo apontando para o norte. Na esquina e até onde pude ver da transversal à Quinta Avenida, as calçadas estavam apinhadas de gente, pelo jeito esperando que um batalhão de soldados, ou enfermeiros, ou escoteiros, ou sei lá o quê, começasse a marchar no ponto de partida localizado na Lexington ou na Terceira Avenida e desfilasse por ali.

"Deus meu! Dá para acreditar?", disse a Dama de Honra.

Virei-me e por pouco nossas cabeças não se chocam. Ela havia se debruçado para a frente, no espaço entre mim e a sra. Silsburn. A sra. Silsburn também se voltara na direção dela com uma expressão de simpatia e compartilhada frustração.

"Podemos ficar aqui uma semana *inteira*", disse a Dama de Honra se esticando ainda mais para olhar através do pára-brisa. "Eu já tinha que estar lá a esta hora. Disse à Muriel e à mãe dela que ia pegar um dos primeiros carros e chegar em *cinco minutos*. Ah, meu Deus! Será que não podemos *fazer* alguma coisa?"

"Eu também devia estar lá", disse a sra. Silsbum de bate-pronto.

"É mas eu *jurei* a ela que ia. O apartamento vai estar cheio de tios e tias loucas e de gente que eles nem conhecem. Eu disse que ia montar guarda com dez baionetas para que ela tivesse um pouco de privacidade e..." Calou-se por um instante "Ah, meu Deus. Isso é um pavor."

A sra. Silsburn deu uma risada artificial. "Acho que sou uma das tias loucas", disse em tom claramente ofendido.

A Dama de Honra olhou para ela. "Ah, me desculpe. Não estava me referindo à senhora." Recostou-se de novo no banco traseiro. "Só quis dizer que o apartamento deles é tão pequeno... e se todo mundo começar a chegar... Entende, não é?"

A sra. Silsburn permaneceu calada e não olhei para ela a fim de ver quão ofendida se sentira com o comentário da Dama de Honra. Lembro, contudo, que fiquei bastante impressionado com o tom de apologia da Dama de Honra a propósito de sua pequena gafe sobre "os tios e tias loucas". Tinha sido um pedido de desculpas genuíno, mas em nada constrangido ou, o que é melhor, subserviente – e por um momento tive a sensação de que, embora seu espetáculo de ardor e indignação fosse claramente exagerado, ela de fato *tinha* um quê de baioneta no caráter, algo que não se podia deixar de admirar. (Admito, gostosamente, que minha opinião nesse caso tem valor bem limitado. É comum eu sentir uma atração excessiva por pessoas que não se derramam em desculpas.) No entanto, o fato é que, naquele momento, pela primeira vez percebi em mim uma pequena onda de recriminação contra o noivo ausente, uma espuminha branca quase imperceptível de censura por seu inexplicável absenteísmo.

"Vamos ver se conseguimos um pouco de ação por aqui", disse o marido da Dama de Honra. Era a voz de um homem que se mantém calmo sob o fogo inimigo. Senti que se ajeitava às minhas costas e aí, de repente, sua cabeça surgiu no espaço entre mim e a sra. Silsburn. "Ô chofer", disse ele em tom peremptório, e esperou pela resposta. Quando ela não veio com presteza, sua voz se tornou um pouco menos autoritária, mais democrática. "Quanto tempo você acha que vamos ficar presos aqui?"

O motorista se voltou. "Meu chapa, nessa aí você me pegou", disse ele, virando-se para a frente e voltando a se concentrar no que acontecia no cruzamento. Um minuto antes, um garotinho com um balão vermelho meio murcho tinha entrado correndo na rua deserta e proibida. Acabara de ser capturado e arrastado de volta para o meio-fio por seu pai, que lhe aplicou dois safanões entre as omoplatas com a mão só parcialmente aberta. O ato foi justificadamente vaiado pela multidão.

"Vocês *viram* o que aquele homem fez com o menino?", a sra. Silsburn perguntou a todos. Ninguém respondeu.

"Que tal perguntar ao guarda quanto tempo a gente é capaz de ficar aqui?", o marido da Dama de Honra falou ao motorista. Ele ainda estava debruçado para a frente. Obviamente não se satisfizera com a resposta lacônica a sua primeira pergunta. "Sabe como é que é, estamos todos aqui com uma certa pressa. Será que você podia descobrir com ele quanto tempo a gente é capaz de ficar preso aqui?"

Sem se voltar, o motorista deu de ombros com grosseria. Mas desligou o motor e saiu do carro, batendo a pesada porta da limusine. Era um sujeito grandalhão, de aparência desleixada: do uniforme de chofer só tinha o terno de gabardina preta, mas nem sombra do quepe regulamentar.

Caminhou devagar e de forma desinteressada, para não dizer insolente, os poucos passos até o cruzamento, onde o policial mais graduado comandava as atividades. Os dois homens ficaram se falando um tempão. (Ouvi a Dama de Honra soltar um gemido atrás de mim.) De repente, ambos caíram na gargalhada – como se na verdade não tivessem estado conversando, mas apenas trocando piadas indecentes. Rindo ainda a bandeiras despregadas, nosso motorista deu um adeusinho fraterno para o guarda e caminhou – lentamente – de volta para o carro. Entrou, bateu a porta, pescou um cigarro do maço que se encontrava em cima do painel, aninhou o cigarro atrás da orelha e então, só então, voltou-se para nos fazer seu relatório. "Ele não sabe", disse. "Temos que esperar a parada passar por aqui." Deu-nos uma olhada indiferente. "Depois podemos seguir viagem sem problema."

Virou-se para a frente, retirou o cigarro de trás da orelha e o acendeu.

No banco traseiro, a Dama de Honra manifestou em alto e bom som sua raiva e frustração. E depois fez-se silêncio. Pela primeira vez em muitos minutos, dei uma olhadela na direção do velhinho com o charuto ainda por acender. O atraso não parecia tê-lo afetado. Seu padrão de comportamento ao sentar-se no banco traseiro de qualquer carro – carros em movimento, carros parados ou até mesmo, não se pode deixar de imaginar, carros que despencassem num rio do alto de alguma ponte – parecia ser imutável. E maravilhosamente simples. Bastava sentar-se bem empertigado, mantendo uma margem de dez a doze centímetros entre a cartola e o teto, e olhar ferozmente em frente para o pára-brisa. Se a Morte – que estava ali fora o tempo todo, talvez sentada no capô –, se a Morte atravessasse por milagre o vidro e viesse pegá-lo, muito provavelmente ele apenas se levantaria e a acompanharia, com o mesmo olhar severo, mas sem emitir um único som. É bem provável também que pudesse levar o charuto, em se tratando de um Havana claro.

"O que é que vamos fazer? Ficar aqui *sentados*?", disse a Dama de Honra. "Estou morrendo de calor." A sra. Silsburn e eu nos voltamos a tempo de vê-la encarar o marido pela primeira vez desde que haviam entrado no carro. "Não dá para chegar um pouquinho pra lá?", ela lhe disse. "Estou tão apertada aqui que mal consigo respirar."

O tenente, com uma risadinha, abriu as mãos num gesto expressivo. "Estou praticamente sentado no pára-lama, meu bem", ele respondeu.

A Dama de Honra então olhou, com um misto de curiosidade e reprovação, para seu outro companheiro de banco, o qual, como se estivesse inconscientemente empenhado em me dar uma alegria, ocupara um espaço muito maior do que necessitava. Havia uns cinco centímetros entre seu quadril direito e a base do descanso de braço. A Dama de Honra sem dúvida também reparou nisso, mas, apesar de toda a sua combatividade, faltou-lhe coragem para enfrentar aquele diminuto mas apavorantemente respeitável personagem. Olhou outra vez para o marido. "Dá para pegar os teus cigarros?", perguntou, irritada. "Não vou nunca conseguir pegar os meus, do jeito que estamos espremidos aqui." Ao som do "espremidos", virou a cabeça de novo para lançar um breve olhar carregado de alusões ao pequenino usurpador do espaço que, por direito, pertencia a ela. Ele continuava sublimemente alheio a tudo, olhando em frente na direção do pára-brisa. A Dama de Honra olhou para a sra. Silsburn e levantou as sobrancelhas de modo sugestivo. O rosto da sra. Silsburn expressou a mais completa compreensão e comiseração. Enquanto isso, tendo transferido todo o seu peso para a nádega esquerda, a do lado da janela, o tenente conseguiu retirar do bolso direito da túnica um maço de cigarros e uma caixinha de fósforos, daquelas de dobrar. Sua mulher pegou um cigarro e esperou pelo fogo, que chegou sem demora. A sra. Silsburn e eu ficamos observando o ato como se se tratasse de uma novidade razoavelmente fascinante.

"Ah, me desculpe", disse o tenente de súbito, oferecendo o maço de cigarros à sra. Silsburn.

"Não, obrigada. Não fumo", disse ela depressa, quase com arrependimento.

"Soldado?", disse o tenente, estendendo-me o maço após a mais imperceptível das hesitações. Para ser honesto, fiquei-lhe grato por fazer o oferecimento, pela pequena vitória da cortesia sobre as diferenças de casta, mas não aceitei o cigarro.

"Posso ver a caixa de fósforos?", perguntou a sra. Silsburn, numa voz excessivamente recatada, quase de menininha.

"Esta?", perguntou o tenente. Passou-lhe de imediato a carteirinha.

Enquanto eu observava com uma expressão absorta, a sra. Silsburn examinou a caixinha. Na tampa de fora, em letras douradas contra um fundo encarnado, estavam impressas as palavras: "ESTES FÓSFOROS FORAM ROUBADOS DA CASA DE BOB E EDIE BURWICK". "Que *gracinha*", disse a sra. Silsburn, balançando a cabeça. "Uma gracinha mesmo." Tentei demonstrar, apertando as pálpebras, que sem os óculos talvez fosse incapaz de ler o que estava escrito, pois não desejava ter de fazer nenhum comentário. A sra. Silsburn parecia relutante em devolver a caixinha a seu dono. Quando o fez, e o tenente a recolocou no bolso superior da túnica, ela disse: "Acho que nunca vi uma caixa dessas antes". Agora quase inteiramente virada para trás, ficou olhando enternecida para o bolso do tenente.

"Mandamos fazer uma porção delas no ano passado", disse o tenente. "Na verdade, é impressionante como evita que a gente fique sem fósforos em casa."

A Dama de Honra voltou-se para ele – ou melhor, contra ele. "Não foi por isso que nós mandamos fazer", disse ela. Lançou à sra. Silsburn um olhar do tipo você-sabe-como-são-os-homens e continuou: "Sei lá. Só achei que seria simpático. Meio brega, mas simpático. Sabe como é."

"É uma gracinha. Acho que nunca..."

"Olha, não é nada original. Hoje em dia todo mundo tem", disse a Dama de Honra. "Para dizer a verdade, a primeira vez que eu vi uma dessas foi na casa dos pais da Muriel. Sempre tinham em casa." Deu uma tragada forte e, enquanto continuava a falar, foi soltando a fumaça em pequenos jatos silábicos. "*Deus* meu, eles são pessoas ótimas. É isso que me deixa *enfurecida* com esse negócio todo. Por que um troço desses não acontece com todos esses safados que andam por aí, em vez de acontecer com gente tão boa? É isso que não consigo entender." Olhou para a sra. Silsburn à espera de uma resposta.

A sra. Silsburn sorriu com um sorriso que era ao mesmo tempo sapiente, melancólico e enigmático – o sorriso, lembro bem, digno de uma Mona Lisa dos assentos dobráveis. "Eu também gostaria de entender...", a sra. Silsburn filosofou quase num sussurro. "Você sabe, a mãe de Muriel é a irmã caçula do meu falecido marido."

"Ah!", disse a Dama de Honra, manifestando interesse. "Bem, então a senhora *sabe*!" Esticou o braço esquerdo, extraordinariamente longo, e bateu a cinza do cigarro no cinzeiro próximo à janela do marido. "Sinceramente, acho que ela é uma das poucas pessoas realmente brilhantes que já encontrei em toda a minha vida. Leu praticamente tudo o que foi publicado até hoje. Meu Deus, se eu tivesse lido um décimo do que ela já leu e *esqueceu*, me daria por feliz. É realmente uma pessoa instruída, trabalhou num *jornal*, desenha suas próprias *roupas*, sabe fazer *tudo* dentro de casa. Cozinha que é uma *beleza*. Deus meu! Realmente acho que ela é a pessoa mais mara..."

"Ela concordou com o casamento?", interrompeu a sra. Silsburn. "Só estou perguntando porque fiquei várias semanas em Detroit. Minha cunhada faleceu de repente e eu..."

"Ela é gentil demais para falar", disse a Dama de Honra sem entusiasmo. Sacudiu a cabeça. "Sabe como é... ela é *discreta* demais." Refletiu. "Na verdade, hoje de manhã foi a primeira vez que a ouvi dizer alguma coisa sobre o assunto. E, mesmo assim, só porque estava muito preocupada com a coitadinha da Muriel." Estendeu o braço e bateu de novo a cinza.

"O que ela disse hoje de manhã?", perguntou a sra. Silsburn avidamente.

A Dama de Honra pareceu refletir um instante. “Bem, nada de mais, sabe? Quer dizer, nada mesquinho, não era uma crítica assim pesada, nada disso. Só disse que esse tal de Seymour, na opinião dela, era um homossexual latente e que, no fundo, tinha medo do casamento. Não disse isso com maldade nem nada. Só falou, sabe como é, de maneira inteligente. Quer dizer, ela mesma fez psicanálise durante anos a fio.” A Dama de Honra olhou para a sra. Silsburn. “Não é nenhum *segredo* nem nada. Quer dizer, a sra. Fedder conta isso para muita gente, não estou revelando nenhum segredo ou sei lá o quê.”

“Sei disso”, falou depressa a sra. Silsburn. “Ela seria a última pessoa no...”

“O que estou querendo dizer”, voltou à carga a Dama de Honra, “é que ela não é o tipo de pessoa que sai falando um troço desses a menos que saiba muito bem do que está falando. E ela nunca, mas nunca mesmo, nem *pensaria* em dizer isso se a pobrezinha da Muriel não estivesse tão, sabe, tão prostrada e tudo.” Balançou a cabeça. “Deus meu, só vendo a pobre da menina.”

Sem dúvida eu deveria fazer aqui uma pausa para descrever minha reação geral aos pontos essenciais do que a Dama de Honra estava dizendo. Mas, por enquanto, prefiro não me pronunciar a respeito, se o leitor estiver de acordo com isso.

“O que mais ela disse?”, perguntou a sra. Silsburn. “A Rhea... Ela falou mais alguma coisa?” Não olhei para ela – não conseguia tirar os olhos do rosto da Dama de Honra –, mas tive uma impressão passageira e tresloucada de que a sra. Silsburn estava praticamente sentada no colo da nossa principal oradora.

“Não. Não muito. Quase nada.” A Dama de Honra, imersa em reflexão, balançou a cabeça. “Bem, como eu disse, ela não teria falado nada – com gente em volta e tudo – se a coitadinha da Muriel não estivesse tão arrasada." Bateu mais uma vez a cinza do cigarro. "A única outra coisa que ela falou foi que esse Seymour era realmente uma personalidade esquizóide e que, pensando bem, tinha sido muito melhor para a Muriel que as coisas tivessem acontecido do jeito que aconteceram. O que faz sentido para *mim*, mas não tenho certeza de que faça para a Muriel. Ele fez tanto a cabeça dela que a Muriel está totalmente confusa. É isso que me deixa..."

Foi interrompida nesse ponto. Por mim. Se me lembro bem, minha voz saiu meio trêmula, como costuma ocorrer quando estou profundamente irritado.

"Em que se baseou a sra. Fedder para dizer que o Seymour é um homossexual latente e uma personalidade esquizóide?"

Todos os olhos – todos os holofotes –, os da Dama de Honra, os da sra. Silsburn e até mesmo os do tenente, convergiram subitamente sobre mim. "O quê?", a Dama de Honra me perguntou, incisiva, num tom levemente hostil. E de novo tive a impressão passageira, porém abrasiva, de que ela sabia que eu era irmão do Seymour.

"A troco de quê a sra. Fedder acha que o Seymour é um homossexual latente e uma personalidade esquizóide?"

A Dama de Honra me encarou e em seguida deu uma fungada eloqüente. Voltou-se para a sra. Silsburn e dirigiu-lhe um apelo repleto de ironia. "A senhora diria que é *normal* alguém que faz um troço como o de hoje?" Ergueu as sobrancelhas e esperou. "A senhora diria?", perguntou baixinho, baixinho. "Seja franca. Estou só perguntando. Para dar uma satisfação a esse cavalheiro."

A resposta da sra. Silsburn foi de uma gentileza a toda prova, de um equilíbrio a toda prova. "Não, certamente não diria."

Tive um impulso repentino e violento de saltar do carro e sair em disparada, sem me importar em que direção. No entanto, se me lembro bem, ainda estava sentado no assento dobrável quando a Dama de Honra dirigiu-se a mim de novo. "Olha", ela disse, no tom de voz falsamente paciente que um professor pode assumir ao falar com um aluno que não apenas é retardado mental, mas cujo nariz está sempre escorrendo de forma repugnante. "Não sei quanto você entende da vida. Mas que homem, em sã consciência, na véspera de seu suposto casamento, mantém a noiva acordada durante a noite toda com uma conversa idiota de que está *feliz* demais para se casar, e que ela vai ter de *adiar* o casamento até que ele se sinta mais *calmo*, porque de outra forma não vai poder comparecer? *Aí*, quando a menina explica para ele, como se fosse uma *criancinha*, que tudo foi arranjado e planejado há meses, que o pai dela teve despesas e chateações incríveis para montar a recepção e tudo o mais, e que os parentes e amigos dela estão vindo de todo o *país*, aí, depois que ela explica tudo isso, ele diz que sente muitíssimo, mas não pode se casar até que se sinta *menos* feliz ou uma loucura qualquer dessas! Agora, se não se importa, use a cabeça! Isso é coisa de alguém *normal*? Parece coisa de alguém em plena posse de suas faculdades mentais?" A voz dela estava agora estridente. "Ou parece coisa de alguém que precisa ser posto correndo num hospício?" Olhou-me com grande severidade e, quando não me pronunciei logo em defesa ou rendição, ajeitou-se pesadamente no fundo do banco e disse para o marido: "Me dá outro cigarro, por favor. Vou acabar me queimando com isto." Passou-lhe o toco ainda aceso, que ele apagou no cinzeiro, pegando depois o maço de cigarros. "Acenda você", ela disse. "Não tenho mais forças."

A sra. Silsburn pigarreou. "Pois eu acho que foi um desses males que vêm para bem que tudo..."

"Eu pergunto à *senhora*", disse a Dama de Honra com renovado ímpeto, ao mesmo tempo em que aceitava o cigarro aceso pelo marido. "Isso lhe parece coisa de uma pessoa normal, de um *homem* normal? Ou coisa de alguém que nunca cresceu, ou de um doido de pedra?"

"Meu Deus! Realmente não sei o que dizer. Só acho que, para mim, foi um desses males que vêm para bem que tudo..."

A Dama de Honra subitamente se debruçou para a frente, com ar alerta, soltando fumaça pelas narinas. "Tudo bem, vamos esquecer isso, deixar isso de lado por um momento... Não é mesmo necessário", disse ela. Estava se dirigindo à sra. Silsburn, mas de fato se dirigia a mim usando a sra. Silsburn como anteparo. "A senhora já viu a – – no cinema?", ela perguntou.

Mencionou o nome artístico de uma atriz e cantora razoavelmente conhecida na época, mas hoje, em 1955, muito famosa.

"Já", respondeu a sra. Silsburn com presteza e curiosidade, esperando a continuação da história.

A Dama de Honra acenou com a cabeça. "Pois é. Já reparou, por acaso, como o sorriso dela é meio torto? Só de um lado do rosto? Dá para perceber bem se..."

"Já reparei. É isso mesmo, já reparei!", disse a sra. Silsburn.

A Dama de Honra deu uma tragada no cigarro e lançou uma olhadela quase imperceptível na minha direção. "Muito bem, aquilo nada mais é que uma *paralisia* parcial de um tipo qualquer", continuou, soltando uma pequena baforada a cada palavra. "E sabe qual foi a causa daquilo? Esse sujeito *normal*, o Seymour, aparentemente a acertou, tiveram que dar nove pontos no rosto dela." Esticou-se (possivelmente na falta de um recurso cênico melhor) e bateu a cinza do cigarro de novo.

"Posso perguntar onde é que você ouviu isso?", eu disse. Meus lábios estavam tremelicando, como dois idiotas.

“Pode, sim”, ela respondeu, olhando para a sra. Silsburn e não para mim. “A mãe da Muriel mencionou isso faz umas duas horas, enquanto a Muriel chorava de se acabar.” Encarou-me. “Isso responde à sua pergunta?” De repente passou o buquê de gardênias da mão direita para a esquerda. Era a coisa mais parecida com um simples gesto de nervosismo que eu a vira fazer. “Aliás, só para sua informação”, disse ela me olhando, “sabe quem eu acho que você é? Acho que você é o irmão desse tal de Seymour.” Esperou por um instante, mas, como eu não dissesse nada, continuou: “Você se *parece* com ele naquele retrato maluco, e acontece que eu sei que o irmão dele devia vir ao casamento. A irmã dele ou sei lá quem falou à Muriel.” Seu olhar não se desviava um milímetro do meu rosto. “Não é?”, perguntou sem rodeios.

Minha voz deve ter soado meio rachada quando respondi. “Sou”, falei. Meu rosto estava em brasa. De certa forma, porém, me senti infinitamente mais seguro quanto à minha identidade do que havia sentido desde que saltara do trem, algumas horas antes.

“Eu *sabia* que você era”, disse a Dama de Honra. “Não sou nenhuma *idiota*, está bem? Sabia quem você era desde o minuto em que entrou neste carro.” Voltou-se para o marido. “Eu não disse que ele era o irmão do tal do Seymour no minuto em que ele entrou no carro? Não disse?”

O tenente ajeitou-se ligeiramente no banco. “Bom, você disse que provavelmente... É, disse sim. Verdade, disse mesmo.”

Não era necessário olhar para a sra. Silsburn a fim de confirmar com que atenção ela vinha acompanhando essa última novidade. Evitando-a, lancei uma espiadela furtiva em direção ao quinto passageiro – o diminuto velhote – para ver se sua insularidade permanecia intacta. Permanecia. Nunca a indiferença de alguém me foi tão prazerosa.

A Dama de Honra voltou ao ataque. "Para sua informação, também sei que seu irmão não é *pedicuro* coisa nenhuma. Por isso, pare de fazer gracinha. Acontece que eu sei que ele era o Billy Black no programa "Crianças sabidas" durante uns cinqüenta *anos* ou mais."

A sra. Silsburn de repente tomou parte mais ativa na conversa. "O programa de rádio?", indagou – e senti que me olhava com interesse renovado e bem mais intenso.

A Dama de Honra não respondeu. "E quem era você?", perguntou-me. "O *Georgie* Black?" A mistura de grosseria e curiosidade em sua voz era interessante, embora bastante surpreendente.

"Georgie Black era meu irmão Walt", disse eu, respondendo à segunda de suas perguntas.

Ela se voltou para a sra. Silsburn. "Suponho que seja uma espécie de *segredo* ou coisa que o valha, mas esse rapaz e seu irmão Seymour participaram do tal programa de rádio usando pseudônimos. Como, aliás, todas as crianças da família *Black*."

"Calminha, querida, fica calma", sugeriu o tenente com óbvio nervosismo.

Sua mulher se voltou para ele. "Não vou ficar *calminha* coisa nenhuma", disse ela – e mais uma vez, contrariando todas as minhas predisposições conscientes, senti uma pitada de algo semelhante a admiração por sua força de caráter, por aquele quê de baioneta que ela tinha. "Ora bolas, todo mundo acha que o irmão dele tem que ser tão inteligente", disse ela, "entrando na universidade com *catorze* anos ou coisa parecida... Se o que ele fez hoje com aquela menina foi inteligente, então eu sou o Mahatma Gandhi! Estou pouco me lixando. Só fico é com a maior raiva!"

Naquele exato instante senti uma pequena dose adicional de desconforto. Alguém estava examinando detidamente o lado esquerdo, e mais fraco, do meu rosto. Era a sra. Silsburn. Ela teve um pequeno sobressalto quando me voltei abruptamente em sua direção. "Posso perguntar se você era o Buddy Black?", perguntou, e uma certa nota de deferência em sua voz me fez pensar, por uma fração de segundo, que ela estava prestes a me oferecer uma caneta e um pequeno álbum de autógrafos encadernado em fino couro. O pensamento efêmero me deixou muito pouco à vontade – considerando, quando nada, que estávamos em 1942 e já haviam passado nove ou dez anos desde minha floração comercial. "A razão pela qual estou perguntando", ela continuou, "é porque meu marido costumava ouvir o programa sem falta todas as..."

"Se a senhora está interessada em saber", interrompeu a Dama de Honra, olhando para mim, "eu simplesmente odeio esse programa. Odeio crianças precoces. Se eu algum dia tivesse um filho que..."

Nunca chegamos a ouvir o final de sua frase. Ela foi interrompida, súbita e decisivamente, pelo mais estridente, mais ensurdecedor, mais *impuro* mi bemol que já ouvi na vida. Todos nós, no carro, estou seguro, literalmente pulamos em nossos assentos. Naquele instante começou a passar diante de nós uma banda composta do que pareciam ser uns cem ou mais Escoteiros do Mar absolutamente desprovidos de ouvido musical. Com ardor quase delinqüente, os rapazes acabavam de abalroar pelo flanco o Hino Nacional. A sra. Silsburn, muito sensatamente, tapou os ouvidos com as mãos.

Por uma eternidade de segundos, assim me pareceu, a barulheira se manteve num nível realmente inacreditável. Só a voz da Dama de Honra poderia se erguer acima dela – ou, para ser mais preciso, poderia ao menos tentá-lo. Quando o fez, foi como se estivesse se dirigindo a nós, obviamente a plenos pulmões, de algum lugar muito longínquo, talvez das proximidades das arquibancadas do estádio Yankee.

"Não agüento isso!", disse ela. "Vamos sair daqui e encontrar um *telefone*! Tenho que telefonar para a Muriel e dizer que estamos atrasados! Ela vai ficar louca!"

Com o soar das trombetas do Juízo Final, a sra. Silsburn e eu nos havíamos virado para a frente do carro. Agora nos voltamos outra vez em nossos assentos dobráveis para encarar a Líder. E, possivelmente, nossa salvadora.

"Tem um restaurante Schrafft's na rua 79", ela berrou na direção da sra. Silsburn. "Vamos tomar um *refrigerante*, posso *telefonar* de lá! Pelo menos tem ar-condicionado!"

A sra. Silsburn sacudiu a cabeça entusiasticamente, desenhando um "Sim!" com a boca.

"Você vem também!", a Dama de Honra gritou para mim.

Com uma espontaneidade *muito* peculiar, lembro que gritei para ela a palavra de todo extravagante "Ótimo!". (Não é fácil, ainda hoje, entender por que a Dama de Honra me incluiu em seu convite para abandonar o navio. Talvez ele tivesse sido inspirado apenas pelo senso natural de ordem de um líder nato. Quem sabe ela sentiu uma espécie de ânsia, remota mas imperativa, de completar a equipe de desembarque... Minha aceitação simplesmente imediata do convite parece-me bem mais fácil de ser explicada. Prefiro crer que se tratou de um impulso em essência religioso. Em certos monastérios zen, é uma regra básica, se não a única disciplina rigidamente aplicada, que, quando um monge diz "Olá!" a outro monge, este último deve responder "Olá!" sem a menor hesitação.)

A Dama de Honra voltou-se então para a direita e, pela primeira vez, encarou diretamente o velhinho a seu lado. Para meu eterno júbilo, ele ainda estava olhando fixamente para a frente, como se sua paisagem privada não houvesse se alterado em nada. Segurava entre dois dedos o Havana claro, ainda não aceso. Diante de seu aparente desinteresse pelo terrível fragor que a banda vinha produzindo ao passar diante de nós, bem como talvez devido ao repugnante dogma de que todos os velhos com mais de oitenta anos devem ser surdos como uma porta ou muito ruins de audição, a Dama de Honra levou os lábios a uns cinco centímetros da orelha esquerda do velhinho. "Vamos sair do carro!!", gritou na direção dele – quase para dentro dele. "Vamos procurar um lugar para *telefonar*, e talvez tomar algum refrigerante! Quer vir conosco?"

Sua reação imediata foi simplesmente gloriosa. Olhou primeiro para a Dama de Honra, depois para todos nós, e depois se abriu num largo sorriso. Um sorriso não menos resplandecente pelo fato de que não fazia o menor sentido. Nem pelo fato de que seus dentes eram obviamente, belamente, transcendentalmente postiços. Voltou a fitar a Dama de Honra com ar inquisitivo por um mero instante, o sorriso maravilhosamente intacto. Ou, melhor dizendo, olhou-a como se acreditasse que a Dama de Honra, ou algum de nós, tinha a generosa intenção de lhe passar uma cesta de piquenique.

"Acho que ele não escutou, querida!", gritou o tenente.

A Dama de Honra fez que sim com a cabeça e mais uma vez encostou o megafone de sua boca junto à orelha do velhote. Com um volume digno de elogios, repetiu o convite para que ele se unisse a nós ao abandonarmos o carro. Outra vez, a julgar por sua expressão, o velhinho pareceu mais do que pronto a aceitar qualquer sugestão no mundo – quem sabe toparia mesmo dar uma corridinha até o East River para um mergulho. Mas outra vez, também, nos deixou com a desconfortável convicção de que não ouvira uma única palavra do que lhe fora dito.

De repente, provou que isso era verdade. Com um imenso sorriso dirigido coletivamente a todos nós, levantou a mão em que trazia o charuto e, com um dedo, tocou significativamente primeiro na boca e depois na orelha. O gesto, da forma como *ele* o executou, parecia relacionar-se a alguma piada de primeiríssima classe que estava decidido a compartilhar conosco.

Naquele momento a sra. Silsburn, a meu lado, deu um pequeno mas visível sinal – quase um salto – de compreensão. Tocou o braço coberto de cetim cor-de-rosa da Dama de Honra e gritou: "Sei quem ele é! Ele é surdo e mudo, é um surdo-mudo! É o tio do pai da Muriel!"

Os lábios da Dama de Honra formaram a palavra "Ah!". Virou-se no banco em direção ao marido. "Você tem papel e lápis aí?", berrou para ele.

Toquei seu braço e gritei que *eu* tinha. Às pressas – de fato, quase como se, por qualquer motivo, estivéssemos sujeitos a algum imperativo de urgência –, tirei do bolso interno da túnica um pequeno caderno de notas e um toco de lápis que recentemente afanara de uma gaveta da mesa do oficial de dia da nossa companhia no Fort Benning.

Caprichando talvez demais para ser legível, escrevi numa folha: "Estamos presos por tempo indeterminado devido à parada. Vamos procurar um telefone e beber alguma coisa gelada aqui por perto. O senhor quer vir conosco?" Dobrei o papel uma vez e o entreguei à Dama de Honra, que o abriu, leu e só então o passou ao velhinho. Ele o leu, sorrindo, e depois olhou para mim, sacudindo veementemente a cabeça para cima e para baixo várias vezes. Pensei por um instante que isso resumia de modo eloqüente sua resposta, mas de súbito ele fez um sinal com a mão para mim, e compreendi que desejava que eu lhe passasse o caderno e o lápis. Assim o fiz sem olhar para a Dama de Honra, de quem subiam grandes ondas de impaciência. O velhote arranjou o caderno e o lápis no colo com extremo cuidado, ficando então imóvel por alguns segundos, o lápis suspenso no ar, em óbvio estado de concentração, o sorriso apenas ligeiramente menos reluzente. O lápis entrou em ação, sem grande firmeza. Fez-se um pingo num "i". Terminada a escrita, o caderno e o lápis me foram devolvidos com uma sacudidela adicional de cabeça maravilhosamente cordial. Ele havia escrito, em letras que ainda pareciam procurar sua forma definitiva, uma única palavra: "Obrigadíssimo". A Dama de Honra, lendo por cima do meu ombro, fez um som que lembrava vagamente o bufar de um animal, mas eu de pronto olhei para o grande escritor e tentei demonstrar, por minha expressão, que todos nós sabíamos reconhecer um poema quando o víamos, e que estávamos muito agradecidos.

Um por um, então, de ambas as portas, descemos do carro – como de um navio abandonado no meio da avenida Madison, num mar de asfalto quente que grudava na sola de nossos sapatos. O tenente demorou-se por alguns segundos informando o motorista de nosso motim. Lembro perfeitamente que a banda ainda passava em sua marcha eterna e que a barulheira não se reduzira um único decibel.

A Dama de Honra e a sra. Silsburn lideraram a caminhada rumo ao Schrafft's. Ombro a ombro – tal qual uma dupla de batedores avançados – seguiram para o sul pela calçada leste da avenida Madison. Tendo feito a comunicação ao motorista, o tenente as alcançou. Ou quase. Deixou-se ficar um pouco para trás, a fim de tirar do bolso a carteira de notas sem que fosse visto e, aparentemente, verificar de quanto dinheiro dispunha.

O tio do pai da noiva e eu formávamos a retaguarda. Fosse porque tivesse intuído que eu era seu amigo, fosse apenas porque eu era o dono de um caderno de notas e de um lápis, ele não perdeu tempo para vir se postar agilmente a meu lado. O topo de sua bela cartola de seda não chegava à altura do meu ombro. Assumi um ritmo de passadas comparativamente lento em respeito ao tamanho das pernas dele. Ao final do quarteirão já estávamos a uma boa distância dos outros. Acho que isso não preocupou nenhum de nós dois. Vez por outra, lembro-me bem, meu amigo e eu olhávamos respectivamente para cima e para baixo trocando manifestações imbecis de prazer por compartilharmos da companhia um do outro.

Quando meu companheiro e eu chegamos à porta giratória do Schrafft's da rua 79, a Dama de Honra, seu marido e a sra. Silsburn já estavam postados lá havia alguns minutos. Esperavam, assim me pareceu, como uma equipe ameaçadoramente compacta. Estavam conversando, mas se calaram quando nossa dupla heterogênea se aproximou. No carro, pouco tempo antes, enquanto a banda cometia aquela agressão auditiva, um desconforto comum, quase uma agonia comum, dera a nosso pequeno grupo uma aparência de aliança – do tipo que pode temporariamente unir um bando de turistas surpreendidos por uma borrasca em Pompéia. No momento em que o velhote e eu chegamos à porta giratória do restaurante, evidentemente a tempestade já passara. A Dama de Honra e eu intercambiamos expressões de reconhecimento, não de saudação. "Está fechado para reformas", ela declarou com frieza, encarando-me. Oficiosa mas inequivocamente, ela mais uma vez me identificara como o estranho no ninho; e naquele instante, por razões que não cabe discutir aqui, fui tomado pela mais avassaladora sensação de isolamento e de solidão de todo o dia. Quase simultaneamente, cumpre notar, minha tosse voltou a se manifestar. Tirei o lenço do bolso de trás da calça. A Dama de Honra virou-se para seu marido e para a sra. Silsburn. "Há um restaurante da cadeia Longchamps aqui por *perto*", disse ela, "mas não sei onde."

"Eu também não", disse a sra. Silsburn. Ela parecia prestes a chorar. Tanto na testa quanto no lábio superior, o suor conseguira atravessar sua pesada maquiagem. Trazia uma bolsa de couro preto sob o braço esquerdo. Segurava-a como se fosse sua boneca preferida, ela mesmo parecendo mais uma menina infeliz que tivesse se empetecado de talco e ruge para fugir de casa.

"Não vamos achar um táxi de jeito nenhum", disse o tenente, sem esconder o pessimismo. A aparência dele também não era das melhores. O ousado quepe à moda dos pilotos parecia dolorosamente incongruente acima de seu rosto pálido, suarento e de traços tão pouco intrépidos, a tal ponto que tive vontade de arrancá-lo de sua cabeça ou ao menos endireitá-lo e abaixá-lo – impulso similar ao que se pode sentir numa festa infantil, onde há sempre uma criança pequenina e bastante feiosa com um chapéu de papel enfiado até as orelhas.

"Ah, meu Deus, que dia!", disse a Dama de Honra para benefício de todos nós. A tiara de flores artificiais estava meio de banda, seu rosto coberto de suor; mas, pensei comigo, a única coisa nela realmente passível de ser destruída era seu apêndice mais remoto – o buquê de gardênias. Ainda o segurava, embora sem lhe dar a mínima atenção. O buquê, claro, não resistira à provação. "O que é que nós vamos *fazer*?", perguntou, com uma ponta de histeria pouco comum nela. "Não podemos *ir a pé* até lá. Eles moram praticamente *fora* da cidade. Alguém tem alguma idéia brilhante?" Olhou primeiro para a sra. Silsburn, depois para o marido e por fim, talvez em desespero, para mim.

"Tenho um apartamento aqui pertinho", eu disse de repente, com voz nervosa. "Na verdade, fica neste quarteirão mesmo." Tenho a impressão de que fiz o anúncio num tom demasiado alto. Tanto quanto eu saiba, talvez tenha até gritado. "É meu e do meu irmão. Minha irmã tem ficado lá enquanto servimos no Exército, mas agora ela não está lá. Serve no corpo feminino da Marinha e saiu numa viagem qualquer." Olhei para a Dama de Honra – ou para algum ponto pouco acima de sua cabeça. "Você pode pelo menos telefonar de lá, se quiser", continuei. "E o apartamento tem ar-condicionado. Podemos nos refrescar por uns minutos e recuperar o fôlego."

Passado o primeiro choque do convite, a Dama de Honra, o tenente e a sra. Silsburn fizeram uma espécie de consulta usando apenas os olhos, mas não houve nenhuma indicação visível de que estivesse para sair o veredicto. A Dama de Honra foi a primeira a tomar uma atitude. Tinha esperado – em vão – que os outros dois dessem sua opinião sobre a matéria. Voltou-se para mim e perguntou: "Você disse que lá tem telefone?"

"Disse. A não ser que minha irmã tenha cancelado a linha, e não vejo por que faria isso."

"Como é que a gente pode saber se seu *irmão* não vai estar lá?"

Era um pequeno detalhe que não havia sido considerado por meu cérebro superaquecido. "Acho que não vai estar por lá", respondi. "*Pode* estar – o apartamento também é dele –, mas acho que não. Realmente acho."

A Dama de Honra olhou no fundo dos meus olhos por um momento – e, para variar, não de forma rude, a menos que o olhar de uma criança possa ser rude. Voltou-se então para o marido e para a sra. Silsburn, dizendo: "É melhor a gente ir. Pelo menos podemos telefonar." Eles concordaram com um aceno de cabeça. A sra. Silsburn chegou mesmo a recordar-se de seu código de etiqueta para convites recebidos na porta do Schrafft's. Através da maquiagem agora cozida pelo sol, o resquício de um sorriso protocolar chegou até mim. E foi muito bem-vindo, segundo me recordo. "Então vamos embora, vamos sair deste *sol*!", disse nossa líder. "O que que eu vou fazer com *isto*?" Não esperou por uma resposta. Deu dois passos até o meio-fio e, sem o menor traço de sentimentalismo, livrou-se do desfalecido buquê de gardênias. "Está bem, vai na frente", falou para mim. "Vamos até lá. E tudo o que tenho a dizer é que é melhor que ele *não* esteja lá quando chegarmos, senão eu mato o sacana." Olhou para a sra. Silsburn. "Desculpe a linguagem, mas estou falando a verdade."

Seguindo suas instruções, tomei a dianteira, quase feliz. Um instante depois, uma cartola de seda materializou-se no ar a meu lado, a uma distância considerável para baixo e para a esquerda, e meu companheiro especial (embora não tivesse sido tecnicamente escalado para ocupar tal posto) agraciou-me com um vasto sorriso. Por um momento, cheguei a pensar que ia me dar a mão.

Meus três convidados e meu amigo esperaram no hall enquanto eu dava uma rápida busca no apartamento.

Como todas as janelas estavam fechadas e os dois aparelhos de ar-condicionado desligados, minha primeira inalação me fez sentir como se tivesse enfiado o nariz no bolso de um velho casaco de couro. O único som em todo o apartamento era o ronronar algo ofegante da provecta geladeira que eu e o Seymour havíamos comprado de segunda mão. Minha irmã Boo Boo, com seus hábitos juvenis e agora também navais, a deixara ligada. Na verdade, havia por todo o apartamento um sem-número de pequenos sinais de desarrumação, indicando que uma maruja tomara conta do pedaço. Uma simpática jaqueta azul-marinho de subtenente, tamanho pequeno, jazia sobre o sofá com o forro para baixo. Uma caixa de bombons – pela metade e com alguns espécimes mordiscados tentativamente – estava aberta em cima da mesinha de centro, diante do sofá. Sobre a escrivaninha erguia-se a fotografia emoldurada de um rapaz de aparência resoluta que eu jamais vira. E todos os cinzeiros estavam em plena floração, cheios de lenços de papel amassados e tocos de cigarro com marcas de batom. Não entrei na cozinha, no quarto ou no banheiro, limitando-me a abrir as portas para ver se o Seymour não estava por lá. Sentia um misto de irritação e preguiça, mas não parei de levantar persianas, ligar aparelhos de ar-condicionado e esvaziar cinzeiros. Os outros membros da equipe foram chegando logo a seguir. "Está mais quente aqui do que na rua", disse a Dama de Honra como forma de saudação ao entrar no apartamento.

"Volto num minuto", disse eu. "Não estou conseguindo ligar esse ar-condicionado." De fato, já vinha lutando havia algum tempo com o botão, que parecia emperrado.

Enquanto eu trabalhava no aparelho – com o quepe ainda na cabeça, lembro-me bem –, os outros começaram a circular pela sala com ar desconfiado. Segui-os com o rabo do olho. O tenente caminhou até a escrivaninha e ficou examinando o metro quadrado de parede acima dela, onde meu irmão e eu, por razões desafiadoramente sentimentais, havíamos pregado com tachinhas várias fotografias de vinte e quatro por trinta. A sra. Silsburn sentou-se – inevitavelmente, pensei eu – na única poltrona da sala em que meu falecido Boston terrier gostava de dormir: os braços, forrados em veludo encardido, tinham sido babados e mordidos de cima a baixo no decorrer de muitos pesadelos. O tio do pai da noiva – meu grande amigo – desaparecera por completo. A Dama de Honra também parecia ter se escafedido. "Num segundo vou arranjar alguma coisa para vocês beberem", disse eu sem muita firmeza, batalhando ainda com o botão do aparelho de ar-condicionado.

"Caía bem alguma coisa gelada", disse uma voz muito familiar. Dei um giro de 180 graus e vi que ela se esticara no sofá, o que explicava seu visível desaparecimento na vertical. "Daqui a pouquinho vou usar seu telefone", informou-me. "Mas agora não ia mesmo conseguir abrir a boca para falar ao telefone, estou morrendo de sede. Até minha *língua* está seca."

De repente o aparelho de ar-condicionado entrou em ação e me desloquei para o centro da sala, ocupando o espaço entre o sofá e a poltrona onde a sra. Silsburn estava sentada. "Não sei o que temos para beber", disse eu. "Não olhei na geladeira, mas acho..."

"Traz *qualquer* coisa", interrompeu do sofá nossa eterna porta-voz. "Basta que seja líquido. E *gelado*." Os saltos de seus sapatos estavam plantados em cima da jaqueta de minha irmã. Suas mãos estavam entrelaçadas sobre o peito. Uma almofada havia sido amassada e enfiada sob a cabeça. "Põe gelo, se tiver", disse ela, fechando os olhos. Olhei-a por um instante, com gana assassina, depois me curvei e, com todo o tato possível, removi a jaqueta de Boo Boo de sob seus pés. Preparava-me para deixar a sala e enfrentar minhas obrigações de anfitrião quando o tenente falou, lá das bandas da escrivaninha.

"Onde é que você arranjou essas fotos?", perguntou.

Aproximei-me dele usando ainda o quepe de pala, grande demais para minha cabeça. Não me ocorrera tirá-lo. Postei-me a seu lado, embora um pouquinho para trás, e passei os olhos pelas fotografias presas à parede. Disse que eram, quase todas, velhas fotografias de crianças que tinham aparecido no "Crianças sabidas", nos tempos em que Seymour e eu havíamos participado do programa.

O tenente voltou-se para mim. "Quê que era isso?", perguntou. "Nunca ouvi falar. Um desses programas infantis de perguntas e respostas?" Sem dúvida, um eco de hierarquia militar havia surgido, distante mas insidioso, em sua voz. Ele parecia também estar olhando para meu quepe.

Tirei o quepe e disse: “Não, não exatamente”. Uma pontinha do debilitado orgulho familiar veio à tona. “*Era* isso, antes de meu irmão Seymour participar. E mais ou menos voltou a ser depois que ele saiu. Mas ele mudou o formato todo. Transformou a coisa num tipo de mesa-redonda de crianças.”

O tenente encarou-me com o que me pareceu um excesso de interesse. “Você também participou do programa?”, perguntou.

“Participei.”

A Dama de Honra se pronunciou lá do outro lado da sala, a voz subindo das profundezas invisíveis e poeirentas do sofá. “Queria ver um filho *meu* se meter num desses programas malucos. Ou fazendo *teatro*. Qualquer dessas coisas. Eu morria mas não deixava um filho meu se tornar um pequeno exibicionista para o público. Estraga toda a vida das crianças. A *publicidade* e tudo, para só falar nisso – pergunte a qualquer psiquiatra. Quer dizer, como é que elas podem ter uma infância minimamente *normal* ou coisa que o valha?” Sua cabeça, coroada por uma tiara de flores agora toda torta, de repente se fez visível. Como se separada do corpo, ficou pousada na passarela formada pelo encosto do sofá, encarando o tenente e a mim. “Provavelmente esse é que é o problema do seu irmão”, sentenciou a Cabeça. “Quer dizer, essas crianças levam uma vida inteiramente artificial, daí é compreensível que nunca aprendam a ser adultos. Nunca aprendem a se relacionar com pessoas normais e tudo. Era exatamente isso que a sra. Fedder estava dizendo naquele quarto maluco duas horas atrás. Exatamente isso. Seu irmão nunca aprendeu a se relacionar com ninguém. Aparentemente, tudo o que ele sabe fazer é obrigar as pessoas a levar pontos na cara. Pombas, ele está absolutamente despreparado para o casamento ou para *qualquer* coisa um pouquinho normal. Para dizer a verdade, foi isso *exatamente* que a sra. Fedder falou." A Cabeça virou-se ligeiramente para olhar de frente o tenente. "Não estou certa, Bob? Ela falou ou não falou isso? Diz a verdade."

A voz que se ouviu a seguir não foi a do tenente, mas a minha. Estava com a boca seca, enquanto até minhas cuecas pareciam encharcadas de suor. Eu disse que estava me lixando para o que a sra. Fedder tinha falado sobre o Seymour. Ou mesmo para o que qualquer profissional diletante ou amador idiota tivesse a falar sobre o assunto. Disse que, desde que o Seymour completara dez anos, todos os doutores bem-pensantes e todos os lavadores de privadas públicas com pretensões intelectuais do país vinham dando palpites sobre ele. Podia ter sido diferente se ele fosse apenas um carinha metido a besta com um QI nas nuvens. Disse que ele nunca havia sido um exibicionista. Que ia para o programa todas as quartas-feiras de noite como se estivesse indo para o próprio enterro. Nem falava com a gente, vejam bem, durante a viagem de ônibus ou de metrô. Disse que nenhum filho-da-mãe, nenhum dos críticos e colunistas de quarta categoria que queriam se passar por condescendentes jamais entendeu o que ele realmente era. Um poeta, porra! É isso mesmo, um *poeta*. Embora nunca tenha escrito um único poema, ele transmitia poesia por todos os poros.

Felizmente parei por aí. Meu coração estava batendo loucamente e, como a maioria dos hipocondríacos, ocorreu-me o pensamento assustador de que aquele tipo de discurso volta e meia acaba num enfarte. Até hoje, não tenho a menor idéia de como os convidados reagiram à minha tirada, à pequena torrente de impropérios que despejei sobre eles. O primeiro detalhe exterior de que me dei conta foi o som universalmente conhecido da descarga de uma privada. Veio dos fundos do apartamento. De repente, olhei em volta da sala, por entre os rostos dos convidados mais próximos. "Onde está o velho?", perguntei. "O velhinho?" O tom de minha voz poderia sugerir que os estava culpando por sua ausência.

Estranhamente, quando veio uma resposta ela partiu do tenente, e não da Dama de Honra. "Acho que está no banheiro", disse ele. A declaração foi feita com uma franqueza peculiar, proclamando que seu autor era uma dessas pessoas que não usam eufemismos ao se referir às necessidades fisiológicas cotidianas.

"Ah", disse eu. Voltei a dar uma olhada vaga ao redor da sala. Não me lembro se evitei deliberadamente o terrível olhar da Dama de Honra – e nem me importa saber se o fiz. Localizei a cartola de seda do tio do pai da noiva sobre uma cadeira, do outro lado do aposento. Tive vontade de cumprimentá-la em voz alta. "Vou pegar alguma bebida gelada", foi o que acabei dizendo. "É só um minuto."

"Posso usar seu telefone?", perguntou-me subitamente a Dama de Honra quando passei em frente ao sofá. Ela já estava se sentando.

"Pode, claro", respondi. Olhei para a sra. Silsburn e para o tenente. "Pensei em preparar uns Tom Collins, se houver algumas limas ou limões. Tudo bem?"

A resposta do tenente surpreendeu-me por sua repentina jovialidade. "Manda brasa!", disse ele, esfregando as mãos como se fosse muito chegado a uma bebidinha.

A sra. Silsburn interrompeu o exame das fotografias pregadas acima da escrivaninha a fim de instruir-me: "Se você vai fazer Tom Collins, por favor, põe um pouquinho de nada de gim para mim. Quase nada mesmo, se não for nenhum problema." Ela parecia ter começado a se recuperar, embora tivesse chegado da rua havia tão pouco tempo. Talvez porque estivesse de pé a cerca de um metro do aparelho que eu havia feito funcionar, recebendo diretamente boas lufadas de ar fresco. Eu disse que ia prestar atenção no drinque dela e a deixei em meio às "celebridades" radiofônicas do final da década de 20 e início da década de 30, os muitos rostos da infância de Seymour e da minha que tinham ficado para trás. O tenente também parecia capaz de se cuidar durante minha ausência: já estava se movendo, com as mãos entrelaçadas às costas, rumo às estantes de livros, na atitude típica do *connaisseur* solitário. Quando saí da sala, fui seguido por uma Dama de Honra bocejante – um bocejo cavernoso e audível que ela não se esforçou minimamente para reprimir ou ocultar.

Enquanto caminhávamos para o quarto onde ficava o telefone, o tio do pai da noiva veio da direção oposta, saído da outra extremidade do corredor. Seu rosto expressava aquela compostura feroz que me enganou durante a maior parte da viagem de carro, mas, ao se aproximar, a máscara caiu: recorrendo à pantomima, ofertou-nos as mais efusivas saudações, fazendo com que, em resposta, eu sorrisse e sacudisse a cabeça de modo frenético. Seus cabelos brancos e ralos pareciam ter sido recém-penteados – eu diria mesmo recém-cortados –, como se ele tivesse descoberto uma pequena barbearia escondida nos fundos do apartamento. Quando passou por nós, tive vontade de olhar para trás, por sobre o ombro; ao fazê-lo, ele acenou entusiasticamente para mim – um largo aceno de *bon voyage*, volte logo. Fiquei na maior alegria. "Será que ele é louco?", perguntou a Dama de Honra. Respondi que seria ótimo se ele fosse, e abri a porta do quarto para ela.

Ela se sentou pesadamente numa das camas gêmeas – na verdade, na do Seymour. O telefone estava na mesinha-de-cabeceira, a seu alcance. Falei que ia lhe trazer algo para beber imediatamente. "Não se preocupe, vou sair num minuto", disse ela. "Só fecha a porta, se não se incomodar... Não é por nada, não, mas não consigo falar ao telefone se a porta não estiver fechada." Disse-lhe que o mesmo acontecia comigo, preparando-me para sair do quarto. Mas, ao dar a volta no espaço entre as camas, reparei numa pequena valise de lona em cima da poltrona junto à janela. No primeiro momento, pensei ser a minha, que tivesse vindo miraculosamente da Penn Station, por conta própria, até o apartamento. Meu pensamento seguinte foi que devia pertencer à Boo Boo. Caminhei até ela. Como o zíper estava aberto, bastou uma simples olhada na camada superior de seu conteúdo para eu saber quem era o verdadeiro dono. Numa segunda e mais cuidadosa espiada, notei algo em cima de duas camisas militares recém-lavadas que, a meu juízo, não devia ser deixado a sós no quarto com a Dama de Honra. Peguei-o de dentro da sacola, ajeitei-o sob o braço, acenei fraternalmente para a Dama de Honra (que já havia enfiado o dedo no buraco do primeiro número que queria discar e estava esperando que eu desse o fora) e depois fechei a porta atrás de mim.

Fiquei algum tempo do lado de fora do quarto, na bendita solidão do corredor, pensando no que fazer com o diário do Seymour, que, me apresso a dizer, era o objeto que apanhara na valise de lona. Meu primeiro pensamento construtivo foi escondê-lo até que os convidados partissem. Pareceu-me uma boa idéia levá-lo para o banheiro e jogá-lo na cesta de roupa suja. Entretanto, tendo seguido até o fim uma segunda e mais complexa linha de raciocínio, decidi levá-lo para o banheiro e ler alguns trechos *antes* de atirá-lo na cesta de roupa suja.

Era um dia, sabe Deus, repleto não apenas de símbolos e sinais, mas de longuíssimas comunicações por escrito. Se você pulasse para dentro de um carro cheio de passageiros, o Destino ter-se-ia encarregado cuidadosamente de assegurar, antes mesmo de o carro entrar em cena, que você estaria levando consigo um caderno de notas e um lápis na hipótese de que um dos companheiros de viagem fosse surdo-mudo. Se você entrasse num banheiro, era de bom alvitre reparar se havia alguma pequena mensagem, ligeiramente apocalíptica ou não, acima da pia.

Ao longo dos anos, entre os sete filhos de uma família que dispunha de um único banheiro, desenvolvera-se o hábito talvez enfadonho mas eficaz de deixar mensagens uns para os outros no espelho do armário de remédios, utilizando-se um restinho de sabonete úmido para escrever. O tema das mensagens consistia em geral de fortes repreensões e, freqüentemente, de claras ameaças. "Boo Boo, pendure a toalha de rosto quando acabar de usá-la. Não deixe no chão. Beijos, Seymour." "Walt, agora é a tua vez de levar o Z. e a F. para o parque. Adivinha quem." "Quarta-feira é o aniversário de casamento deles. Não vão ao cinema, não fiquem conversando no estúdio depois do programa nem faltem por qualquer outra razão. Isso também se aplica a você, Buddy." "Mamãe disse que o Zooey quase comeu o remédio para prisão de ventre. Não deixem na pia coisas minimamente venenosas que ele possa alcançar e comer." Esses, obviamente, são exemplos colhidos na nossa infância, mas anos depois, quando em nome da independência ou sei lá o quê Seymour e eu saímos de casa e nos estabelecemos num apartamento só nosso, ambos havíamos escapado apenas nominalmente do velho hábito familiar. Quer dizer, simplesmente não jogávamos fora os restos de sabonete.

Quando entrei no banheiro sobraçando o diário do Seymour, tranquei a porta com cuidado e, quase de imediato, me dei conta de que havia uma mensagem. Porém não fora escrita pelo Seymour, e sim, sem sombra de dúvida, por minha irmã Boo Boo. Com ou sem sabonete, sua caligrafia sempre fora quase indecifrável de tão miúda, razão pela qual ela conseguiu registrar com facilidade a seguinte mensagem no espelho: "Carpinteiros, levantem bem alto a cumeeira. Tal como Ares, aqui vem o noivo, muito mais alto que o mais alto dos homens. Todo o carinho, Irving Sappho, anteriormente sob contrato com os Estúdios Elysium. Por favor, seja feliz feliz *feliz* com sua linda Muriel. Isto é uma ordem. Sou a maior patente deste quarteirão." O escritor sob contrato mencionado no texto, cumpre explicar, sempre foi um grande favorito – com as devidas gradações de tempo – de todas as crianças de nossa família, sobretudo graças ao incomensurável impacto do gosto poético de Seymour sobre todos nós. Li e reli a citação, até que me sentei na beirada da banheira e abri o diário do Seymour.

O que se segue é uma reprodução exata das páginas do diário que li aboletado na beira da banheira. Parece-me perfeitamente válido omitir algumas datas. Basta dizer, creio eu, que todas as anotações foram feitas enquanto ele servia no Fort Monmouth, em fins de 1941 e começo de 1942, vários meses antes de haver sido marcada a data do casamento.

*"Fazia um frio terrível na hora da parada vespertina e, apesar disso, uns seis homens desmaiaram durante a execução interminável do Hino Nacional. Suponho que, se a pessoa tiver uma circulação sangüínea normal, não consegue suportar o artificialismo da posição militar de sentido. Especialmente se estiver segurando um rifle pesadíssimo no gesto de apresentar armas. Eu não tenho circulação nem pulso. Sinto-me em casa na imobilidade. O andamento do Hino Nacional e eu estamos em perfeita sintonia. Para mim, seu ritmo é o de uma valsa romântica.*

*Depois da parada, tivemos uma licença para sair até a meia-noite. Encontrei-me com a Muriel no Hotel Biltmore às sete. Dois drinques, dois sanduíches de atum comprados numa* drugstore, *e depois um filme que ela queria ver, alguma coisa com a Greer Garson. Olhei para ela várias vezes no escuro, quando o avião do filho da Greer Garson foi dado como perdido em ação. Sua boca estava aberta. Absorta, preocupada. Total identificação com a tragédia da Metro-Goldwyn-Mayer. Senti um misto de consternação e felicidade. Como eu amo seu coração tão carente de discernimento, como eu preciso dele. Ela olhou para mim quando as crianças no filme trouxeram os gatinhos para mostrar à mãe. Muriel adorou os gatinhos e queria que eu também os adorasse. Mesmo no escuro, podia perceber que ela se sentia afastada de mim como em outras ocasiões em que eu não compartilhei automaticamente as coisas de que ela gosta. Mais tarde, quando estávamos bebendo alguma coisa na estação ferroviária, ela me perguntou se eu não tinha achado os gatinhos 'muito simpáticos'. Já não usa a palavra 'engraçadinhos'. Quando é que a assustei a ponto de ela abandonar seu vocabulário normal? Como sou mesmo um chato, mencionei a definição de sentimentalismo de R. H. Blyth: uma pessoa é sentimental quando confere a alguma coisa mais ternura do que Deus a ela confere. Disse-lhe (pomposamente?) que Deus sem dúvida ama os gatinhos, mas, muito provavelmente, não com botinhas nas patas e em tecnicolor. Ele deixa esses toques imaginativos para os escritores de roteiros cinematográficos. M. pensou sobre o que eu havia falado e pareceu concordar comigo, mas não deu a impressão de que o 'conhecimento' era muito bem-vindo. Ficou lá sentada, remexendo os cubos de gelo no copo e se sentindo muito distante de mim. Ela se preocupa com o fato de que seu amor por mim vai e volta, aparece e desaparece. Duvida da realidade desse amor apenas por não ser tão permanentemente alegre quanto um gatinho. Deus sabe que isso é triste. A voz humana conspira para profanar tudo o que existe no mundo."*

*"Jantei hoje à noite na casa dos Fedder. Muito bom. Vitela, purê de batatas, feijões-de-lima, uma bela salada regada a azeite e vinagre. Na sobremesa, algo feito pela própria Muriel: uma espécie de torta gelada de queijo e creme, com framboesas por cima. Fiquei com os olhos marejados de lágrimas. (Saigyo diz: 'O que é, não sei/ Mas com gratidão/ Minhas lágrimas correm pelo rosto.') Um vidro de ketchup foi posto na mesa ao meu lado. Aparentemente, Muriel contou à sra. Fedder que eu ponho ketchup em tudo. Gostaria muito de ter visto a M. dizendo à mãe dela, defensivamente, que eu ponho ketchup até nas vagens. Minha garota querida.*

*Depois do jantar, a sra. Fedder sugeriu que ouvíssemos o programa. Fico nervoso com seu entusiasmo, sua nostalgia pelo programa, sobretudo em relação aos velhos tempos, quando eu e o Buddy participávamos dele. Esta noite, por incrível que pareça, o programa foi irradiado de uma base naval perto de San Diego. Muitas perguntas e respostas pedantes. Pela voz da Franny, parecia que ela estava resfriada. Zooey estava em plena forma, no seu jeito sonhador. O apresentador sugeriu como tema os projetos de novos bairros residenciais, e a garota dos Burke disse que odiava essas casas que parecem todas iguais – referindo-se às ruas projetadas com fileiras de residências idênticas. Zooey disse que elas eram 'legais'. Que seria muito bom voltar da escola e entrar na casa errada. Jantar por engano com as pessoas erradas, dando um beijo de despedida de manhã em todo mundo, pensando que eles eram sua própria família. Disse que seria até bom se todos fossem iguais. A gente ia pensar que todas as pessoas que encontrasse eram sua mulher ou sua mãe ou seu pai, ficariam todos se abraçando aonde quer que fossem, seria mesmo 'muito legal'.*

*Senti-me insuportavelmente feliz durante a noite toda. Quando estávamos sentados na sala de visitas, a familiaridade entre M. e sua mãe me impressionou como alguma coisa muito bonita. Elas conhecem as fraquezas uma da outra, especialmente essas fraquezas que aparecem nas conversas, e se criticam com os olhos. Os olhares da sra. Fedder policiam o gosto que a Muriel expressa em matéria de 'literatura', enquanto os de Muriel controlam a tendência da mãe a ser empolada, a falar demais. Quando discutem entre si, não há o menor perigo de que se crie uma discórdia permanente, porque são Mãe e Filha. É um fenômeno ao mesmo tempo terrível e belo de se observar. Todavia, enquanto fico lá encantado com as trocas das duas, há momentos em que desejo que o sr. Fedder tivesse uma participação mais ativa na conversa. Às vezes, na verdade, ao cruzar a porta, é como se eu estivesse entrando numa espécie de convento leigo, desorganizado e ocupado apenas por duas mulheres. Às vezes, ao ir embora, tenho a estranha sensação de que tanto a M. quanto a mãe dela enchem meus bolsos de pequenos vidros e tubos contendo batom, ruge, redes para cabelo, desodorantes e coisas do gênero. Sinto-me extremamente grato a elas, mas não sei o que fazer com os presentes invisíveis que me deram."*

*"Não tivemos licença para sair logo depois da parada da tarde porque alguém deixou cair o rifle enquanto o general inglês passava a tropa em revista. Perdi o trem das 5h52 e cheguei uma hora atrasado ao encontro com Muriel. Jantar no Lun Far na rua 58. M. irritadiça e chorosa durante todo o jantar, realmente preocupada, assustada. Sua mãe acredita que eu seja uma personalidade esquizóide. Pelo jeito, falou sobre mim com seu psicanalista, que concordou com ela. A sra. Fedder pediu à Muriel que procure descobrir discretamente se há algum caso de loucura na minha família. Imagino que Muriel, pobrezinha, tenha sido suficientemente ingênua a ponto de lhe dizer como vim a ter as cicatrizes nos pulsos. Porém, pelo que diz a M., há outras coisas que chateiam ainda mais a mãe*

*dela. Três coisas. Primeiro, que eu me fecho dentro de mim, não me relaciono com as pessoas. Segundo, aparentemente há algo 'errado' comigo porque não tive relações sexuais com a Muriel. Terceiro, evidentemente a sra. Fedder não conseguiu tirar da cabeça por dias a fio meu comentário, durante um jantar, de que eu queria ser um gato morto. No jantar da semana passada ela me perguntou o que eu tencionava fazer depois que saísse do Exército. Será que eu ia voltar a dar aulas na mesma universidade? Simplesmente voltaria a lecionar? Ou pensava em voltar para o rádio, possivelmente como algum tipo de 'comentarista'? Respondi que tinha a impressão de que a guerra ia durar para sempre, e que só tinha certeza de que, se voltasse a haver paz, eu gostaria de ser um gato morto. A sra. Fedder achou que eu estava fazendo uma piada. Uma piada sofisticada. Segundo a Muriel, ela acha que eu sou muito sofisticado. Imaginou que meu comentário, feito para valer, era o tipo de piada que deve ser recebida com uma leve gargalhada musical. Quando ela deu a gargalhada, isso me distraiu um pouco e o resultado foi que esqueci de lhe explicar o sentido do que havia dito. Hoje à noite contei à Muriel que, no zen-budismo, certa feita perguntaram a um mestre qual era a coisa mais valiosa do mundo, e o mestre respondeu que era um gato morto, porque ninguém saberia atribuir um preço a ele. Muriel ficou aliviada, deu para sentir que não via a hora de chegar em casa e revelar à mãe como o meu comentário era inofensivo. Ela seguiu no táxi comigo até a estação. Estava tão carinhosa, com outro estado de espírito. Tentava me ensinar a rir, repuxando os músculos à volta de minha boca com os dedos. Como era lindo vê-la rir. Ah, meu Deus, sou tão feliz com ela. Que bom se ela pudesse ser mais feliz comigo. Às vezes a divirto, e ela parece gostar do meu rosto, das minhas mãos, da parte de trás da minha cabeça, além de ficar na maior satisfação quando diz às amigas que está noiva do Billy Black, que participou durante anos do 'Crianças sabidas'. E acho que desperto nela um impulso em que se misturam o maternal e o sexual. Mas, de modo geral, não a faço realmente feliz. Ah, meu Deus, me ajude. Minha única e terrível consolação é que minha amada tem uma paixão imorredoura e fundamentalmente indeclinável pela própria instituição do matrimônio. Um anseio inato de brincar de mamãe para sempre. Seus objetivos conjugais são tão absurdos e enternecedores! Quer ficar bem queimada de sol e chegar para o porteiro de algum hotel cinco-estrelas e perguntar se seu Marido já recolheu a correspondência. Quer sair pelas lojas à procura das cortinas certas. Quer comprar roupas de grávida. Saiba disso ou não, quer sair da casa da mãe dela, apesar do afeto que as une. Quer ter filhos – crianças bonitas, com as feições dela e não as minhas. Também tenho a impressão de que ela quer poder tirar todo ano de dentro de uma caixa seus próprios enfeites de Natal, em vez dos de sua mãe.*

*Chegou hoje uma carta engraçadíssima do Buddy, escrita logo depois de terminar seu trabalho na cozinha do regimento. Penso nele enquanto escrevo sobre a Muriel. Ele a desprezaria pelos motivos dela para o casamento que registro aqui. Mas serão eles desprezíveis? De certo modo, devem ser, mas, seja como for, me parecem tão do tamanho dos seres humanos, tão bonitos, que não posso pensar neles nem agora, enquanto escrevo, sem sentir uma funda emoção. Ele também não veria com bons olhos a mãe de Muriel. Trata-se de uma mulher irritante, opiniática, do tipo que o Buddy não tolera. Acho que ele não saberia entender o que ela é. Uma pessoa desprovida, para todo o sempre, de qualquer compreensão ou gosto pela corrente fundamental de poesia que passa através das coisas, de todas as coisas. Para todos os efeitos, já poderia estar morta, porém continua a viver, parando em todas as confeitarias, consultando-se com seu analista, consumindo um romance por noite, vestindo cinta, tramando para que a Muriel goze de saúde e prosperidade. Eu a amo. Acho que ela é incrivelmente corajosa.”*

*“Toda a companhia ficou retida hoje à noite. Fiz fila uma hora inteira para usar o telefone na sala de diversões. A Muriel pareceu bastante aliviada com o fato de eu não poder me encontrar com ela. O que me diverte e enternece. Outra garota, se realmente desejasse se livrar do noivo por uma noite, ia fazer teatrinho no telefone para fingir que estava triste. M. disse apenas ‘Ah’ quando lhe falei que não ia. Como adoro sua simplicidade, sua tremenda honestidade! Como isso é importante para mim!”*

*“Três e trinta da manhã. Estou na sala do oficial de dia. Não consegui dormir. Vesti o casaco por cima do pijama e vim para cá. O Al Aspesi está de plantão, dormindo no chão. Posso ficar aqui, se atender o telefone para ele. Que noite! O analista da sra. Fedder foi convidado para o jantar e, com algumas pausas, me interrogou até as onze e meia. Às vezes com grande habilidade e inteligência. Em uma ou duas ocasiões, me surpreendi torcendo por ele. Pelo jeito é um velho fã meu e do Buddy. Parecia interessado, do ponto de vista pessoal e profissional, em saber por que fui posto para fora do programa quando fiz dezesseis anos. Ele havia de fato ouvido o programa sobre Lincoln, mas tinha a impressão de que eu dissera que o Discurso de Gettysburg era ‘ruim para as crianças’. Não é verdade. Disse-lhe que havia apenas dado minha opinião de que não era um discurso que as crianças devessem aprender de cor na escola. Ele também tinha a impressão de que eu dissera que se tratava de um discurso desonesto. Expliquei que tinha mencionado que haviam ocorrido 51.112 baixas em Gettysburg e, se alguém se sentia obrigado a falar no aniversário da batalha, poderia simplesmente ter dado um passo à frente, sacudido o punho para a platéia e ido embora – isto é, se o orador*

fosse um homem absolutamente honesto. Ele não discordou de mim, mas pareceu achar que eu tenho um complexo de perfeição ou coisa assim. Falou muito, e de forma bastante lúcida, sobre as virtudes de alguém se adaptar às imperfeições da vida, de aceitar as fraquezas próprias e dos outros. Concordei com ele, mas só em teoria. Vou defender até o dia do Juízo Final a tolerância para com os padrões menos rigorosos que muitas pessoas adotam, pois isso conduz a uma vida saudável, a um tipo de felicidade bastante real e mesmo invejável. Seguido de forma pura, esse é o caminho do tao, e sem dúvida o caminho mais elevado. Mas, para que um homem exigente atingisse esse estágio, ele teria de se despojar da poesia, precisaria ir além da poesia. Isto é, ele não teria condições de aprender ou se forçar a gostar de má poesia em abstrato, muito menos de considerá-la igual à boa poesia. Ele teria simplesmente de abrir mão da poesia. Disse a ele que isso não era coisa fácil de se fazer. O dr. Sims falou que eu estava assumindo uma posição excessivamente rígida – uma posição, insistiu, que só um perfeccionista adotaria. E posso negar que isso seja verdade?

É óbvio que a sra. Fedder lhe havia transmitido sua preocupação com os nove pontos que a Charlotte teve de dar. Fui imprudente, creio, ao mencionar à Muriel uma questão já morta e enterrada. Ela passa tudo à mãe enquanto ainda está quente. Eu deveria me opor a isso, sem dúvida, mas não consigo. A M. só me ouve quando a mãe dela está ouvindo também, pobrezinha. Mas eu não tinha a menor intenção de discutir com o dr. Sims os pontos da Charlotte. Não no embalo de um único drinque.

Mais ou menos prometi à M., hoje à noite, na estação, que vou procurar um psicanalista um dia desses. Sims me disse que o sujeito aqui do Fort é muito bom. E óbvio que ele e a sra. Fedder bateram uns papinhos sobre o assunto. Por que isso não me chateia? Parece engraçado. Sei lá por quê, me enternece. Sempre me senti remotamente atraído até pe-

*las sogras caricatas das histórias em quadrinhos. Seja como for, não tenho nada a perder se consultar um analista. Se fizer isso no Exército, sairá de graça. A M. me ama, mas nunca se sentirá realmente próxima de mim,* familiar *comigo,* frívola *comigo, até que eu seja ligeiramente recauchutado.*

*Se e quando eu começar a ter consultas com um analista, espero ardentemente que ele tenha o bom senso de convidar um dermatologista para participar das sessões. Um especialista em mãos. Tenho cicatrizes nas mãos por haver tocado em certas pessoas. Uma vez, no parque, quando a Franny ainda era levada para lá no carrinho de bebê, passei a mão, por tempo demais, na penugem que cobria a cabeça dela. A outra vez aconteceu no cinema da rua 77, quando eu assistia com Zooey a um filme de horror. Ele tinha uns seis ou sete anos, e se enfiou embaixo da poltrona para não ver uma cena assustadora. Pus a mão na cabeça dele. Certas cabeças, certas cores e texturas de cabelo humano deixam marcas permanentes em mim. Outras coisas também. A Charlotte um dia se afastou correndo ao sairmos do estúdio, e eu agarrei seu vestido para fazê-la parar, para mantê-la perto de mim. Um vestido de algodão amarelo que eu adorava por ser comprido demais para ela. Ainda tenho uma mancha amarelo-limão na palma da mão direita. Ah, meu Deus, se há algum termo clínico que me sirva, sou uma espécie de paranóico ao contrário. Suspeito que as pessoas estejam sempre conspirando para me fazer feliz.*”

Lembro-me de que fechei o diário – na verdade, com um tapa – depois de ler a palavra “feliz”. Fiquei sentado por alguns minutos com o diário sob o braço, até que tomei consciência de um certo desconforto por haver sentado durante tanto tempo na beira da banheira. Ao levantar-me, descobri que estava suando mais do que em qualquer outro momento do dia, tão molhado como se tivesse acabado de sair da banheira em vez de estar sentado na sua borda. Fui até a cesta de roupa suja, levantei a tampa e, com um movimento de pulso quase malévolo, literalmente atirei o diário de Seymour sobre uns lençóis e fronhas que cobriam o fundo da cesta. Depois, na falta de uma idéia melhor, mais construtiva, voltei a sentar-me na beira da banheira. Por um ou dois minutos, fiquei olhando fixamente para a mensagem de Boo Boo no espelho do armário de remédios, até que, por fim, saí do banheiro batendo a porta como se a força bruta fosse por si só capaz de trancar aquele lugar para sempre.

Minha parada seguinte foi na cozinha. Por sorte, ela se ligava ao corredor, permitindo que eu entrasse sem ter de atravessar a sala de visitas e encarar meus convidados. Enquanto a porta de mola se fechava às minhas costas, tirei a túnica e a atirei sobre a mesa de tampo esmaltado. Como o ato de tirar o paletó pareceu consumir toda a minha energia, fiquei como que descansando durante algum tempo, apenas de camiseta, antes de enfrentar a tarefa hercúlea de preparar os drinques. De repente, como se estivesse sendo invisivelmente vigiado através de pequenas frestas na parede, comecei a abrir as portas dos armários e da geladeira em busca dos ingredientes necessários. Só não encontrei limas, que substituí por limões, e em poucos minutos havia preparado uma jarra de Tom Collins meio açucarado demais. Peguei cinco copos e olhei em torno em busca de uma bandeja. Foi uma luta encontrá-la: levei tanto tempo abrindo e fechando portas de armários que, no final, estava quase choramingando de desespero.

Já ia sair da cozinha com a jarra e os copos na bandeja, de novo envergando a túnica, quando uma lâmpada imaginária se acendeu acima de minha cabeça – assim como se vê nas histórias em quadrinhos para mostrar que um personagem teve subitamente uma idéia brilhante. Pus a bandeja no chão. Voltei até a prateleira de bebidas e peguei uma garrafa de uísque pela metade. Fui buscar meu copo e servi – em parte por acidente – pelo menos quatro dedos. Lancei um olhar crítico para o copo e depois, como um genuíno mocinho de filme de faroeste, tracei tudo de um só gole. Ao registrar isso aqui, cumpre dizer, meu corpo ainda hoje estremece. Verdade que eu tinha 23 anos e estava fazendo o que qualquer idiota com 23 anos e sangue quente nas veias faria em circunstâncias similares. Mas a coisa não é tão simples assim. O fato é que não sou um bom copo, como se costuma dizer. Em geral, com uma dose de uísque ou fico para morrer de enjôo ou começo a esquadrinhar o aposento à procura de infiéis. Na segunda dose, simplesmente sou dado a apagar.

Mas aquele não era – para dizer o mínimo – um dia normal. Lembro que, ao pegar outra vez a bandeja e sair da cozinha, não senti nenhuma das mudanças metamórficas quase imediatas que ocorriam usualmente. Tudo indica que estava sendo gerado um calor sem precedentes no estômago do paciente, porém isso era tudo.

Na sala de visitas, ao chegar com a bandeja cheia, não notei alterações auspiciosas no comportamento de meus convidados, além do fato estimulante de que o tio do pai da noiva se juntara ao grupo. Ele se aninhara na velha poltrona de meu falecido Boston terrier. Suas perninhas estavam cruzadas, o cabelo penteado, a mancha de molho tão cativante quanto antes e – surpresa! – *o charuto havia sido aceso*. Nos cumprimentamos com manifestações ainda mais esfuziantes de parte a parte, como se aquelas separações intermitentes estivessem se tornando demasiado longas e desnecessárias para que ambos pudéssemos continuar a suportá-las.

O tenente ainda estava postado diante das estantes. Virava as páginas de um livro, aparentemente absorto na leitura. (Nunca descobri de que livro se tratava.) A sra. Silsburn, muito melhorada, até mesmo refrescada, deu-me a impressão de que havia retocado a maquiagem. Estava sentada agora no sofá, no canto mais distante do tio do pai da noiva, e folheava uma revista. "Ah, que beleza!", disse ela, num tom festivo, quando viu a bandeja que eu pusera sobre a mesinha de centro. Ofereceu-me um sorriso jovial.

"Pus muito pouco gim", menti, enquanto começava a mexer a jarra.

"Está tão simpático e fresquinho aqui", disse a sra. Silsburn. "Aliás, posso lhe fazer uma pergunta, se não se importa?" Dito isso, pôs de lado a revista, levantou-se, deu a volta no sofá e caminhou até a escrivaninha. Esticou-se e encostou a ponta do dedo numa das fotografias presas à parede. "*Quem* é essa criança linda?", perguntou-me. Com o aparelho de ar-condicionado trabalhando agora a todo o vapor e tendo tido tempo de recompor a maquiagem, ela não mais era a criança lânguida e insegura que ficara exposta ao sol na porta do Schrafft's da rua 79. Passara a dirigir-se a mim com todo o *aplomb* requintado que exibira quando pulei para dentro do carro, em frente à casa da avó da noiva, e ela me perguntou se eu era alguém chamado Dickie Briganza.

Parei de mexer a jarra de Collins e fui a seu encontro. A unha bem pintada apontava para uma integrante do elenco de 1929 do "Crianças sabidas". Sete de nós estávamos sentados em torno de uma mesa circular, um microfone diante de cada participante. "Essa é a criança mais bonita que já vi em toda a minha vida", disse a sra. Silsburn. "Sabe com quem ela se parece um pouco? Em volta dos olhos e da boca?"

Mais ou menos àquela altura uma parte do uísque – aproximadamente um dedo, eu diria – estava começando a me afetar, e quase respondi "Dickie Briganza", mas um certo impulso de cautela ainda prevaleceu. Sacudi a cabeça e pronunciei o nome de uma artista de cinema que a Dama de Honra, em algum momento daquela tarde, mencionara em conexão com nove pontos cirúrgicos.

A sra. Silsburn encarou-me. "E *ela* participava do programa?", perguntou.

"É, participou durante uns dois anos. Participou, sim. Usando seu próprio nome, naturalmente. Charlotte Mayhew."

O tenente estava agora atrás de mim, à minha direita, olhando para a fotografia. Ao ouvir o nome de guerra de Charlotte, havia se afastado da estante para ir dar uma olhada na fotografia.

"Nunca soube que ela trabalhou no rádio quando era pequena!", disse a sra. Silsburn. "Não sabia disso! Ela era assim tão brilhante quando criança?"

"Não, na verdade só era um bocado barulhenta. Mas já cantava tão bem quanto canta hoje. E dava um apoio moral maravilhoso. Geralmente arrumava uma maneira de se sentar ao lado do meu irmão Seymour na mesa do programa e, sempre que ele falava ao microfone alguma coisa de que ela gostava, pisava no pé dele. Era como um aperto de mãos, só que ela usava o pé."

Enquanto eu fazia essa pequena homilia, minhas mãos estavam apoiadas no espaldar da cadeira da escrivaninha. De repente, elas escorregaram – da mesma forma que o cotovelo da gente às vezes derrapa na superfície de uma mesa ou de um balcão de bar. Mas perdi e retomei o equilíbrio quase simultaneamente, por isso nem a sra. Silsburn nem o tenente pareceram ter reparado na coisa. Cruzei os braços. "Certas noites, quando estava em plena forma, Seymour voltava para casa mancando ligeiramente. Sem exagero, a Charlotte não se limitava a tocar no pé dele, pisava mesmo para valer. Ele não se importava. Amava as pessoas que pisavam no pé dele. Adorava meninas barulhentas."

"Mas que coisa mais interessante!", disse a sra. Silsburn. "Certamente eu *nunca* soube que ela havia participado de um programa de rádio ou coisa assim."

"Na verdade, foi o Seymour quem arranjou para ela participar do programa", eu disse. "Ela era filha de um osteopata que morava em nosso edifício no Riverside Drive." Repus as mãos no espaldar da cadeira e me apoiei nele, em parte buscando suporte, em parte assumindo a posição típica de um desses caras que ficam contando reminiscências encostados numa cerca de jardim. O som da minha voz tinha se tornado extremamente aprazível para mim. "Nós estávamos batendo bola... Vocês estão interessados nisso?"

"Claro!", disse a sra. Silsburn.

"Naquela tarde, eu e Seymour estávamos brincando ao lado do edifício depois de voltar da escola quando alguém, que depois soubemos ser a Charlotte, começou a atirar bolas de gude em nós do décimo segundo andar. Foi assim que nos conhecemos. Conseguimos que ela entrasse para o programa na mesma semana. Nem sabíamos que ela cantava. Queríamos que ela participasse só porque tinha um lindo sotaque de Nova York. Uma pronúncia típica da rua Dickman."

A sra. Silsburn deu uma daquelas risadas musicais que, como é bem sabido, constituem uma sentença de morte para o piadista sensível, esteja ele sóbrio de todo ou não. Evidentemente, estava esperando que eu terminasse a fim de fazer um apelo sincero ao tenente. "Para o senhor, com quem ela se parece?", perguntou-lhe em tom de súplica. "Especialmente em volta dos olhos e da boca. Ela faz lembrar quem?"

O tenente olhou para ela e depois para a fotografia. "A senhora está falando da aparência dela nessa foto? Quando era criança?", perguntou. "Ou agora, como aparece nos filmes? A qual delas a senhora se refere?"

"Na verdade, acho que às duas. Mas sobretudo aqui, nesta fotografia."

O tenente estudou a fotografia – com ar bastante severo, me pareceu, como se de forma alguma aprovasse a maneira pela qual a sra. Silsburn, que afinal de contas era um civil, além de mulher, lhe fizera aquele pedido. "Com a Muriel", disse ele logo em seguida. "Se parece com a Muriel nessa fotografia. O cabelo e tudo."

"É *isso* mesmo!", exclamou a sra. Silsburn. Voltou-se para mim. "É isso *mesmo*!", repetiu. "Você conhece a Muriel? Quer dizer, já a viu quando ela prende o cabelo num..."

"Nunca tinha visto a Muriel até hoje", respondi.

"Então acredite no que estou dizendo." A sra. Silsburn deu unas batidinhas eloqüentes com o indicador na fotografia. "Esta menina podia passar pela Muriel quando tinha a mesma idade dela. São iguaizinhas."

Como o uísque estava pouco a pouco subindo à minha cabeça, não pude processar essa informação por inteiro nem muito menos considerar suas inúmeras ramificações potenciais. Caminhei de volta – acho que caprichando demais no respeito à linha reta – até a mesinha de centro e recomecei a mexer a jarra. O tio do pai da noiva tentou atrair minha atenção quando me acerquei dele, desejando saudar meu reaparecimento, mas eu estava por demais ocupado em absorver a alegada semelhança entre a Muriel e a Charlotte para poder retribuir sua amabilidade. Também me sentia um pouco zonzo. Deu-me uma vontade imensa, à qual não obedeci, de mexer a jarra sentado no chão.

Um ou dois minutos mais tarde, quando eu já começava a servir os drinques, a sra. Silsburn dirigiu-me outra pergunta. Tão melodiosamente a formulara que as palavras chegaram dançando aos meus ouvidos. "Seria muito horrível se eu perguntasse sobre aquele acidente que a sra. Burwick mencionou? Quer dizer, os nove pontos de que ela falou. Seu irmão *empurrou* a menina sem querer ou coisa assim?"

Descansei sobre a mesa a jarra, que parecia extraordinariamente pesada e incômoda de segurar, e olhei para ela. Por estranho que pareça, apesar da leve tontura que estava sentindo, as imagens distantes não haviam perdido nem um pouco seus contornos. Pelo contrário, como ponto focal do outro lado da sala, a sra. Silsburn parecia desagradavelmente nítida. "Quem é a sra. Burwick?", perguntei.

"Minha mulher", respondeu o tenente em tom um tanto rude. Também estava me olhando, como se fosse um comitê de um único membro encarregado de investigar a razão da minha demora em servir os drinques.

"Ah, certamente", disse eu.

"Foi um acidente?", insistiu a sra. Silsburn. "Ele não fez de *propósito*, não é mesmo?"

"Ah, faz favor, sra. Silsburn."

"Como assim?", ela disse friamente.

"Me desculpe. Não ligue para o que estou dizendo. Estou ficando um pouco alto. Bebi um gole enorme na cozinha faz uns cinco minutos..." Parei de falar e voltei-me de chofre. Acabara de ouvir uns passos pesados e bem conhecidos no assoalho do corredor. Vinham rumo a nós – contra nós – em grande velocidade, e um instante depois a Dama de Honra fez sua entrada ruidosa na sala.

Não olhou para ninguém. "Finalmente consegui falar com eles", disse ela. Sua voz soou estranhamente embotada, sem sombra das ênfases a que me acostumara. "Depois de quase uma hora." Seu rosto parecia tenso, superaquecido a ponto de estourar. "Isso aí está gelado?", perguntou, aproximando-se, sem parar e sem obter resposta, da mesinha de centro. Pegou um copo que eu acabara de encher até o meio um minuto antes e emborcou-o com sofreguidão. "Aquele foi o quarto mais quente em que estive em toda a minha vida", continuou – sem nenhum toque pessoal – e descansou o copo vazio na bandeja. Pegou a jarra e tornou a enchê-lo pela metade com um grande tilintar de cubos de gelo.

A sra. Silsburn já se havia deslocado para as vizinhanças da mesinha. "O que é que eles disseram?", perguntou impaciente. "Você falou com a Rhea?"

A Dama de Honra bebeu primeiro. "Falei com todo mundo", disse ela, descansando o copo e dando uma ênfase resoluta, embora para ela notavelmente pouco dramática, ao "todo mundo". Olhou para a sra. Silsburn, depois para mim e por fim para o tenente. "Vocês todos podem ficar tranqüilos", disse ela. "Está tudo certinho."

"O quê que você quer dizer com isso? O que aconteceu?", perguntou a sra. Silsburn em tom penetrante.

"Exatamente o que eu disse. O *noivo* não está mais indis*posto* pelo excesso de felici*dade*." As inflexões costumeiras haviam retornado à voz da Dama de Honra.

"O quê que aconteceu? Com quem você falou?", perguntou o tenente. "Falou com a sra. Fedder?"

"Eu disse que falei com todo mundo. Todo mundo menos a noivinha ruborizada. Ela fugiu com o noivo." Virou-se para mim. "Quanto açúcar você botou nesse troço, hein?", perguntou irritada. "Está com gosto de..."

"*Fugiu*?", disse a sra. Silsburn, levando a mão à garganta.

A Dama de Honra olhou para ela. "Está bem, agora fica calminha", ela aconselhou. "Assim você vai viver mais tempo."

A sra. Silsburn deixou-se cair no sofá – na verdade, exatamente a meu lado. Eu estava encarando a Dama de Honra, e tenho certeza de que a sra. Silsburn imediatamente fez o mesmo.

"Pelo jeito, ele estava no apartamento quando todos voltaram. Por isso a Muriel simplesmente arrumou a mala e eles se mandaram, só isso." A Dama de Honra deu de ombros num gesto um tanto artificial. Pegou o copo de novo e bebeu até o fim. "Seja como for, estamos todos convidados para a recepção. Ou como quer que a coisa se chame depois que o noivo e a noiva já foram *embora.* Pelo que entendi, tem um monte de gente lá. Estavam todos tão *alegres* ao telefone."

"Você disse que falou com a sra. Fedder. O que é que ela disse?", perguntou o tenente.

A Dama de Honra sacudiu a cabeça enigmaticamente. "Ela foi maravilhosa. Meu Deus, que mulher! Falou de maneira absolutamente normal. Pelo que pude entender – quer dizer, pelo que ela falou –, o tal Seymour prometeu que vai consultar um analista e tomar jeito." Voltou a dar de ombros. "Quem sabe? Vai ver tudo acaba saindo às mil maravilhas. Estou cansada demais para continuar a pensar sobre isso." Olhou para o marido. "Vamos embora. Onde está o teu chapeuzinho?"

Quando dei por mim, a Dama de Honra, o tenente e a sra. Silsburn já caminhavam em fila indiana rumo à porta, seguidos pelo anfitrião. Àquela altura eu estava cambaleando visivelmente, mas, como ninguém olhou para trás, acho que meu estado passou despercebido.

Ouvi a sra. Silsburn perguntar à Dama de Honra: "Vocês vão até lá ou não?".

"Sei lá", foi a resposta. "Se formos, é só por um minutinho."

O tenente apertou o botão do elevador e os três ficaram lá de pé, inertes, observando o mostrador de andares. Ninguém parecia ter motivos adicionais para fazer uso da fala. Continuei plantado na porta do apartamento, a poucos metros de distância, acompanhando-os vagamente com o olhar. Quando a porta do elevador se abriu, eu disse "Até logo" em voz alta, e as três cabeças se voltaram em minha direção ao mesmo tempo. "Ah, até logo", disseram, e ainda ouvi a Dama de Honra gritar "Obrigada pelo drinque!" quando a porta do elevador se fechou.

Voltei para o apartamento, muito trôpego, tentando desabotoar a túnica no caminho, ou simplesmente abri-la com um repelão.

Meu retorno à sala de visitas foi saudado com entusiasmo pelo convidado que restava – e de quem eu me havia esquecido. Levantou um copo cheio até a borda para mim quando entrei na sala. Na verdade, literalmente acenou para mim com o copo, sorrindo e balançando a cabeça para cima e para baixo, como se o supremo momento de júbilo pelo qual tanto esperávamos houvesse enfim chegado. Descobri que era incapaz de trocar sorrisos com ele no curso daquele encontro. Mas me lembro de que lhe dei um tapinha no ombro. Segui adiante e desabei no sofá, bem na frente dele, terminando de abrir a túnica. "Você não tem uma casa para ir?", perguntei-lhe. "Quem cuida de você? Os pombos do parque?" Em resposta a essas perguntas provocantes, meu convidado ergueu um brinde com renovado elã, brandindo seu Tom Collins na minha direção como se fosse uma caneca de cerveja. Fechei os olhos e deitei-me no sofá, levantando as pernas e me esticando todo. Mas isso fez com que a sala rodopiasse. Atirei as pernas para fora do sofá, tentando sentar-me – porém o fiz tão de repente e com tamanha falta de coordenação que tive de agarrar a mesinha de centro para manter o equilíbrio, fiquei um ou dois minutos debruçado para a frente, de olhos fechados. Em seguida, sem me levantar, alcancei a jarra de Tom Collins e me servi de outro drinque, derramando boa quantidade de líquido e de cubos de gelo pela mesinha e pelo chão. Continuei sentado por mais alguns minutos com o copo cheio na mão, sem beber, até que o depositei numa poça rasa em cima da mesa. "Quer saber como a Charlotte levou aqueles nove pontos?", perguntei de repente, num tom de voz que soou cem por cento normal para mim. "Estávamos passando as férias no lago. O Seymour tinha escrito para a Charlotte, convidando-a para nos visitar, e a mãe dela finalmente tinha concordado. O que aconteceu é que, certa manhã, ela se sentou na entrada de nossa garagem para fazer carinho no gato da Boo Boo e Seymour jogou uma pedra nela. Ele tinha doze anos. Foi só isso. Ele jogou a pedra porque ela estava tão bonita, sentada na entrada da garagem com o gato da Boo Boo. Puxa vida, todo mundo entendeu por quê – eu, a Charlotte, a Boo Boo, o Waker, o Walt, toda a família." Olhei fixamente para o cinzeiro de estanho em cima da mesinha de centro. "A Charlotte nunca disse uma palavra a ele sobre o assunto. Nem uma palavra." Olhei para meu convidado, esperando que ele me contestasse, dissesse que eu era um mentiroso. É claro que sou um mentiroso. A Charlotte jamais entendeu por que o Seymour jogou aquela pedra nela. Mas meu convidado não me contestou. Pelo contrário, deu-me um sorriso encorajador, como se qualquer coisa adicional que eu quisesse dizer sobre a questão fosse ser aceita por ele como verdade absoluta. Porém me levantei e saí da sala. Lembro que, a meio caminho da porta, cogitei em voltar e pegar dois cubos de gelo caídos no chão, mas a tarefa me pareceu árdua demais, e segui rumo ao corredor. Ao passar pela porta da cozinha, tirei a túnica – arranquei-a do corpo – e a joguei no chão. Naquele momento, pareceu-me ser o lugar onde sempre a deixava.

No banheiro, fiquei de pé vários minutos inclinado sobre a cesta de roupa suja, debatendo se devia ou não pegar o diário do Seymour para ler de novo. Já não recordo que argumentos invoquei, pró ou contra, mas por fim abri a cesta e peguei o diário. Sentado outra vez na borda da banheira, folheei as páginas até chegar à última entrada feita por Seymour:

*"Um dos soldados acaba de voltar a chamar o controle de vôo. Se o teto continuar a subir, aparentemente vamos poder decolar antes da manhã. O Oppenheim disse para a gente esperar sentado. Liguei para a Muriel a fim de contar isso. Foi muito estranho. Ela atendeu e ficou dizendo alô. Minha voz não saía. Ela quase desligou. Se eu pelo menos conseguisse me acalmar um pouco. O Oppenheim vai se deitar até o controle nos chamar de novo. Eu também devia ir, mas estou excitado demais. Na verdade, telefonei para ela para pedir, para implorar pela última vez simplesmente vá embora sozinha comigo para que nos casemos. Estou excitado demais para me encontrar com outras pessoas. Sinto como se estivesse prestes a nascer. Um dia sagrado, sagrado. Não só a ligação estava muito ruim, eu mesmo não consegui falar nada a maior parte do tempo. Como é terrível quando a gente diz "Eu te amo", e a pessoa do outro lado da linha grita de volta "O quê?". Passei o dia lendo uma miscelânea do Vedanta. Os parceiros conjugais devem servir um ao outro. Elevar, ajudar, ensinar, fortalecer um ao outro, mas, acima de tudo, servir. Criar os filhos com honradez e afeto, porém sem se envolver em excesso com eles. Uma criança é um hóspede na casa, digna de ser amada e respeitada – nunca possuída, pois pertence a Deus. Como tudo isso é maravilhoso, sensato, lindamente difícil de atingir e, por conseguinte, verdadeiro! A alegria de me sentir responsável pela primeira vez na vida. O Oppenheim já se deitou. Eu também tinha de fazer isso, mas não posso. Alguém tem de passar a noite em claro com o homem feliz."*

Reli a entrada por inteiro, fechei o diário e o levei de volta para o quarto. Joguei-o dentro da valise de lona do Seymour, que estava sobre a poltrona junto à janela. Depois caí, de forma mais ou menos deliberada, na cama ao lado. Já estava dormindo – ou, possivelmente, desmaiado – quando aterrissei. Pelo menos assim me pareceu.

Ao acordar, mais ou menos uma hora e meia depois, estava com uma dor de cabeça de rachar e com a boca seca. O quarto se encontrava quase às escuras. Lembro-me de que fiquei sentado um tempão na beira da cama. Afinal, movido por uma sede enorme, levantei-me e gravitei lentamente na direção da sala de visitas, torcendo para que ainda restasse alguma coisa líquida e gelada na jarra em cima da mesinha de centro.

Meu último convidado sem dúvida encontrara a porta de saída por conta própria. Apenas seu copo vazio e o toco de charuto no cinzeiro indicavam que ele algum dia existira. Sabendo-se o que costumam ser os presentes de casamento, ainda acho que o toco de charuto deveria ter sido enviado ao Seymour. Só o charuto, numa caixinha simpática. Talvez acompanhado de uma folha de papel em branco, à guisa de explicação.

# SEYMOUR, UMA APRESENTAÇÃO

*A presença dos atores sempre me convence, para meu horror, de que é falso quase tudo o que escrevi sobre eles até o momento. É falso porque escrevo sobre eles com um amor constante (mesmo agora, ao escrever estas palavras, isto também se torna falso), porém com uma competência variável, e essa competência variável impede que os verdadeiros atores sejam representados de forma clara e correta, embotando-se, pelo contrário, neste amor que jamais se satisfará com a competência e, por isso mesmo, crê estar protegendo os atores ao impedi-la de se manifestar.*

*Em linguagem figurada, é como se um autor tivesse cometido um erro de escrita e esse erro se tornasse consciente de sua existência. Talvez não se tratasse de um erro, e sim, num plano muito mais elevado, de parte essencial de toda a composição. Nesse caso, é como se o erro, por puro ódio do autor, se rebelasse contra ele, proibindo-o de fazer a correção, e proclamasse: "Não, não serei apagado, aqui ficarei como testemunha contra ti, de que és um péssimo escritor".*

* * *

Às vezes, para ser franco, não dou muita pelota para isso, mas, aos quarenta anos de idade, considero meu velho amigo das horas boas, o leitor comum, como meu último confidente profundamente contemporâneo; quando ainda bem garoto, fui instado de modo enérgico, pelo mais estimulante e fundamentalmente menos presunçoso artesão público que já conheci em pessoa, a tentar manter uma apreciação sóbria e serena dos encantos desse relacionamento, por mais peculiar ou terrível que viesse a se revelar; no meu caso, ele cedo anteviu o que me aguardava. O problema é: como pode um escritor apreciar tais encantos se não tem a menor idéia de como é o seu leitor comum? Sem dúvida, o inverso é bastante usual, mas quando é que se pergunta ao autor de uma história qual a imagem que ele faz de seu leitor? Por muita sorte, para seguir adiante e dizer logo o que vai na minha cabeça – e não creio que se trate de algo capaz de sobreviver a um intróito interminável –, faz muitos anos descobri praticamente tudo o que precisava saber acerca de *meu* leitor comum; quer dizer, de *você*. Temo que você o negará com todo o vigor, mas na verdade não posso aceitar sua palavra nessa matéria. Você é um grande amante de pássaros. Assim como o personagem de um conto de John Buchan, intitulado "A ilhota de Skule", que o Arnold L. Sugarman, Jr. certa vez me fez ler durante um período de estudo muito mal supervisionado, você é alguém que se interessou pelos pássaros acima de tudo porque eles incendiaram sua imaginação; eles o fascinaram porque "de todos os seres, pareciam os mais próximos do espírito puro – essas criaturinhas que têm uma temperatura normal de 52 graus". Provavelmente, tal qual a esse personagem de John Buchan, lhe tenha ocorrido uma série de pensamentos palpitantes; não tenho dúvida, por exemplo, de que pensou: "O pintassilgo de crista dourada, com um estômago do tamanho de um feijão, atravessa voando o Mar do Norte! O maçarico, que se acasala tão ao norte que até hoje só três pessoas viram seu ninho, vai passar as férias na Tasmânia!" Naturalmente, não tenho o direito de esperar que meu próprio leitor comum seja uma dessas três pessoas que viram um ninho de maçaricos, mas, pelo menos, acho que o conheço – isto é, a você – suficientemente bem para imaginar que tipo de gesto bem-intencionado de minha parte poderia agradar-lhe neste justo instante. Assim, pois, meu velho confidente, num espírito de congraçamento, antes que nos juntemos aos demais – os que estão encalhados aí por toda parte, inclusive, estou certo, os loucos do volante de meia-idade que insistem em nos mandar para a Lua, os vagabundos que se crêem iluminados por Buda, os fabricantes de cigarros com filtro para os homens que sabem escolher o melhor, os beatniks, os mal-ajambrados e os petulantes, os adeptos de cultos obscuros, todos os imponentes peritos que tão bem sabem o que devemos ou não fazer com nossos humildes órgãos sexuais, todos os jovens barbudos, orgulhosos e iletrados, bem como os guitarristas sem talento, os assassinos do budismo zen e os delinqüentes juvenis de roupas padronizadas, todos esses que, do alto de sua infinita ignorância, olham para este esplêndido planeta por onde (por favor, não me interrompa agora) passaram o Biriba, Cristo e Shakespeare –, antes de nos juntarmos a todos eles, eu muito particularmente lhe peço, velho amigo (para dizer a verdade, quase imploro), que aceite de mim este despretensioso buquê de recém-desabrochados parênteses: (((()))). De forma muito pouco floral, desejo com ardor que eles sejam antes de tudo recebidos como símbolos propiciatórios – algo sinuosos ou mesmo recurvos – de meu estado físico e mental ao escrever este texto. Profissionalmente falando, única forma em que sempre gostei de falar (e, apenas para me fazer ainda menos simpático, falo sem cessar nove línguas, quatro das quais mortas e enterradas) – profissionalmente falando, repito, sou um homem extaticamente feliz. Como nunca fui. Ah, uma vez, quem sabe, aos catorze anos, quando escrevi um conto em que todos os personagens tinham cicatrizes de duelo como os estudantes de Heidelberg – o herói, o vilão, a heroína, sua velha ama, todos os cachorros e cavalos. Naquele momento cheguei a ficar razoavelmente feliz, é verdade, mas não extaticamente feliz, como agora. Vamos ao ponto: bem sei, melhor talvez do que ninguém, quanto pode ser extenuante compartilhar da companhia de um escritor em êxtase de felicidade. Claro, os poetas nesse estado são, de longe, os mais "difíceis", porém até mesmo o escritor de prosa em tais condições jamais consegue se comportar de modo adequado; afinal, divino ou não, um acesso é um acesso. E, embora eu acredite que um escritor de prosa em estado de felicidade total possa produzir muita coisa boa numa página impressa – o que tem de melhor, é o que espero, na realidade –, também é fato, e infinitamente mais óbvio, que ele jamais conseguirá ser moderado, prudente ou enxuto, pois perde quase todos os seus parágrafos curtos. E nem se pode manter imparcial – ou, se pode, apenas de vez em quando e de modo suspeito, nas marés baixas. Movido por algo tão imenso e absorvente quanto a felicidade, ele é obrigado a se privar do prazer menor, conquanto sempre agradável para o escritor, de aparecer na página sentado, sereno, no muro. O pior, creio eu, é que ele se torna incapaz de atender à ânsia mais premente do leitor, qual seja a de ver o autor entrar logo de cara na história. Daí, em parte, o nefasto oferecimento de parênteses que fiz algumas frases atrás. Bem sei que muitas pessoas de inteligência perfeitamente normal são incapazes de aturar comentários parentéticos enquanto uma história está sendo contada. (Ficamos sabendo dessas coisas pelo correio – sobretudo, cabe reconhecer, graças aos estudantes envolvidos na preparação de teses, os quais não conseguem sofrear o anseio muito natural de nos inebriar com suas idéias nas horas de folga. Mas nós lemos, e em geral acreditamos: bom, mau ou indiferente, qualquer encadeamento de palavras prende nossa atenção como se viesse do próprio Próspero.) Gostaria de deixar claro que meus apartes não só vão se multiplicar daqui por diante (a bem da verdade, nem sei se não haverá uma ou outra nota de pé de página), como também que tenho a firme intenção de pular vez por outra nas costas do leitor caso veja, às margens do leito bem demarcado do enredo, algo tão excitante ou interessante que me obrigue a conduzi-lo até lá. A velocidade aqui não significa nada para mim, por mais que isso vá de encontro à minha condição de cidadão norte-americano. No entanto há leitores que, com toda a seriedade, só admitem ter sua atenção despertada mediante o emprego dos métodos mais comedidos, mais clássicos e possivelmente mais sutis; a esses eu sugiro – tão honestamente quanto pode um escritor sugerir esse tipo de coisa – que se retirem agora, enquanto, assim imagino, podem escapar numa boa. Provavelmente continuarei a assinalar as saídas disponíveis ao longo do percurso, mas não garanto que venha a fazê-lo com tanta sinceridade no futuro.

Gostaria de começar com um comentário algo copioso acerca das duas citações iniciais. "A presença dos atores..." é de Kafka. A segunda – "Em linguagem figurada, é como se um autor tivesse cometido um erro de escrita..." – é de Kierkegaard (e quase esfrego as mãos de contentamento, por menos elegante que seja tal gesto, ao pensar que essa passagem de Kierkegaard pode perfeitamente pegar alguns existencialistas e certos mandarins franceses badalados demais com suas... – bem, de surpresa).[2] Não estou cem por cento convencido de que alguém precise de motivos inatacáveis para fazer citações dos autores de que gosta, mas é sempre agradável, isto eu concedo, ter algum bom motivo. Nesse caso, parece-

2. Esse pequeno doesto é *absolutamente* condenável, mas o fato de que o grande Kierkegaard jamais foi kierkegaardiano, e muito menos existencialista, enche de irreprimível alegria o coração de um intelectual de terceira categoria, além de reafirmar sua fé numa justiça poética de dimensões cósmicas, se não num Papai Noel também cósmico.

me que as duas passagens, sobretudo postas lado a lado, são fabulosamente representativas, em certo sentido, do melhor não apenas de Kafka e de Kierkegaard, como de quatro homens já falecidos, os quatro diferentemente notórios Homens Doentes ou solteiros desajustados (dos quatro, talvez só Van Gogh seja dispensado de visitar estas páginas) a quem com mais freqüência recorro – vez por outra movido por verdadeira angústia – sempre que desejo uma informação totalmente digna de crédito sobre os processos artísticos contemporâneos. Em essência, reproduzi as duas passagens para tentar sugerir com absoluta clareza como creio me situar em relação ao volume de informações que espero reunir aqui – coisa que, não me importo nada em dizer, em certas situações um autor não pode explicitar muito, ou cedo demais. Em parte, no entanto, seria gratificante imaginar, sonhar, que essas duas breves citações fossem de alguma utilidade para a geração relativamente nova de críticos literários – esses trabalhadores (soldados, penso que se pode dizer) que labutam por longas horas, com esperanças cada vez mais minguadas de destaque, em cursos universitários que mais parecem agitadas clínicas neofreudianas. Sobretudo, talvez, para os estudantes ainda muito jovens e futuros críticos literários – eles próprios implicitamente estuantes de saúde mental, eles próprios (parece-me inegável) inerentemente livres de qualquer atração mórbida pela beleza – que um dia pretendem especializar-se em patologia estética. (Esse, admito, é um assunto que me tira do sério desde que, aos onze anos, assisti ao artista e Homem Doente que mais amei no mundo, nessa época ainda usando calças curtas, ser examinado por um conceituado grupo de freudianos profissionais durante seis horas e 45 minutos. Em minha opinião, que está longe de ser isenta, só faltou lhe arrancarem um pedaço do cérebro para exame de laboratório, e faz muitos anos sou perseguido pela idéia de que só o adiantado da hora – duas da manhã – os dissuadiu de fazer exatamente isso. Assim, decerto tenciono soar irritado aqui. Irascível, não. Sei que uma linha muito tênue separa as duas atitudes, porém prefiro correr o risco de caminhar em cima dela por mais um minuto; esteja ou não preparado, esperei muitos anos até coletar esses sentimentos e desabafá-los.) Como é natural, correm sempre os mais variados boatos sobre o artista excepcionalmente, sensacionalmente criativo – e estou me referindo aqui apenas a pintores, poetas e escritores de corpo inteiro. Um desses boatos – para mim de longe o mais hilariante – é o de que, mesmo na idade das trevas pré-psicanalíticas, ele jamais reverenciou seus críticos profissionais; pelo contrário, devido à sua visão quase sempre deformada da sociedade, em geral os confunde com meros editores, agentes de venda e outros negociantes das artes, talvez dignos de inveja por sua prosperidade mas que, como quiçá o próprio artista admita, exerceriam se pudessem uma ocupação diferente e quem sabe mais limpa. Entretanto, ao menos hoje em dia, o que mais se ouve acerca do poeta ou pintor enfermo mas surpreendentemente produtivo é que ele constitui um caso "clássico" de neurótico superdotado, um ser aberrante que só às vezes, e nunca sinceramente, deseja abrir mão de sua anomalia; ou, em linguagem corrente, um Homem Doente que, embora se diga que ele infantilmente o negue, com freqüência emite terríveis urros de dor, como se do fundo do coração desejasse se desfazer tanto de sua arte como de sua alma para sentir o que nas outras pessoas passa por sanidade; e, todavia (continua o boato), quando em seu quarto de aparência pouco salutar entra alguém – quase sempre alguém que de fato o ama – e apaixonadamente lhe pergunta de onde provém a dor, o artista se limita a desmentir que ela exista ou parece incapaz de discuti-la em termos clinicamente úteis; e pela manhã, quando se supõe que até os grandes poetas e pintores se sentem um pouco mais bem-dispostos que de costume, ele parece mais perversamente decidido do que nunca a deixar que a enfermidade siga seu curso, como se, à luz de outro dia, supostamente de trabalho, houvesse se lembrado de que todos os homens, inclusive os sãos, um dia hão de morrer e poucas vezes o fazem de bom grado, enquanto *ele*, felizardo, ao menos está sendo consumido pelo mais estimulante companheiro, doença ou não, que já conheceu. Em suma – conquanto isso possa soar como uma traição partindo de quem, como venho insinuando ao longo desta quase-polêmica, conta com um artista morto em sua família imediata –, não vejo como seja racionalmente possível negar que este último boato contenha uma boa dose de verdade. Enquanto meu ilustre parente viveu, eu o observei – quase literalmente, às vezes penso – como um falcão. À luz de qualquer definição lógica, ele *era* um ser enfermo, ele *de fato*, em suas piores noites ou fins de tarde, emitia não apenas gritos de dor como também pedidos de ajuda; e, quando chegava alguém disposto a ajudá-lo, ele se recusava *mesmo* a dizer em palavras inteligíveis de onde provinha a dor. Mesmo assim, censuro sem rodeios os supostos entendidos na matéria – os pesquisadores literários, os biógrafos e sobretudo a aristocracia intelectual hoje no poder, formada numa ou noutra das grandes escolas psicanalíticas –, e os censuro ainda mais amargamente por não prestarem atenção quando ouvem um grito de dor. Nem podem, lógico, pois constituem uma nobreza de ouvidos moucos. Com equipamento tão defeituoso, com tais ouvidos, como alguém seria capaz, apenas pela qualidade do som, de rastrear a dor até sua origem? Creio que, com um aparelho auditivo tão infame, o máximo que conseguem registrar, e talvez comprovar, são alguns ecos ocasionais e inexpressivos – nem mesmo um contraponto – de uma infância conturbada ou de uma libido fora de prumo. Mas de onde vem o resto todo da carga de dor, capaz de encher uma ambulância até o teto? De onde ela *deve* vir? O verdadeiro poeta ou pintor não é um vidente? Não é ele, de fato, o único vidente na face da Terra? Muito provavelmente não o é o cientista, e muitíssimo menos o psiquiatra. (É certo que o único grande poeta que os psicanalistas tiveram foi o próprio Freud; sem dúvida ele também sofria de um pequeno defeito de audição, mas quem, em sã consciência, pode negar que ali existia um poeta épico?) Perdoe-me, estou quase acabando. Num vidente, qual parte da anatomia humana deveria, necessariamente, ser a mais maltratada? Os *olhos*, claro! Por favor, meu caro leitor comum, como derradeira indulgência (se é que você ainda está aí), releia aquelas duas curtas passagens de Kafka e de Kierkegaard com que comecei. Não é *evidente*? Então não é dos olhos que provêm diretamente aqueles gritos? Por mais contraditório que seja o resultado da autópsia – conquanto se atribua a morte à Tuberculose, à Solidão ou ao Suicídio –, não é óbvio como de fato morre o verdadeiro artista-vidente? Afirmo (e tudo o que se segue muito possivelmente depende de que eu esteja ao menos *próximo* da verdade), – afirmo que o genuíno artista-vidente, o divino imbecil que produz beleza, morre ofuscado por seus próprios escrúpulos, pelas formas e cores deslumbrantes de sua própria consciência, sagradamente humana.

Eis aí meu credo. Recosto-me na cadeira. Suspiro – um suspiro de felicidade, imagino. Acendo um cigarro e vou em frente, se Deus quiser.

Algo agora – e rápido, se é que posso – acerca daquele subtítulo, "Uma apresentação", que aparece em segundo lugar no letreiro. O principal personagem aqui

– pelo menos naqueles intervalos de lucidez em que eu consiga me controlar a ponto de permanecer sentado e razoavelmente quieto – será meu falecido irmão mais velho, Seymour Glass, que (e acho melhor dizer logo isso numa única frase em estilo de nota fúnebre) se suicidou em 1948, aos 31 anos de idade, enquanto passava férias com a mulher na Flórida.[3] Ele foi em vida muitas coisas para muita gente, e virtualmente tudo para os irmãos e irmãs em nossa vasta família. Sem dúvida, foi tudo de *verdadeiro* para nós: nosso unicórnio de listras azuis, nossa lente de aumento, nosso gênio *in residentia*, nossa consciência portátil, nosso comissário de bordo e nosso único poeta completo, e – inevitavelmente, já que seu forte nunca foi a discrição e que, além disso, ele passou sete anos como principal atração de um programa infantil de perguntas transmitido pelo rádio de costa a costa, de modo que muito pouco escapou ao conhecimento público – inevitavelmente, repito, foi também nosso mui notório "místico" e "desajustado". E, uma vez que já entrei com tudo no assunto, faço questão de proclamar – praticamente aos berros – que, com ou sem idéias de suicídio na cabeça, ele foi a única pessoa com quem convivi, com quem rolei pelo chão, que mais freqüentemente correspondeu à concepção clássica, em meu modo de ver, de um *mukta*, de um tremendo iluminado, de um conhecedor de Deus. Seja como for, seu caráter não se presta a nenhuma tentativa honesta de descrição compacta que eu possa imaginar, e não vejo ninguém, muito menos eu, que fosse capaz de retratá-lo com umas poucas pinceladas, ou mesmo numa série razoavelmente simples de poses arranjadas em ordem cronológica. Che-

---

3. O nome do personagem, Seymour, pronuncia-se em inglês como *see more*, ver mais), insinuando sua condição de "vidente". O suicídio de Seymour é relatado no conto "Um dia ideal para os peixes-banana", da coletânea traduzida para o português com o título de *Nove estórias* (Editora do Autor). (N.T.)

go logo ao ponto: meu projeto inicial para este espaço era escrever um conto sobre Seymour e intitulá-lo "SEYMOUR UM", com o "UM" em letras graúdas sendo mais útil para mim, Buddy Glass, do que mesmo para o leitor – um lembrete conveniente e ostensivo de que outros contos (Seymour Dois, Três e possivelmente Quatro) logicamente se seguiriam. Esse projeto não mais existe. Ou, se existe – e suspeito ser essa a situação mais provável no momento –, desapareceu de vista, no entendimento de que, quando eu estiver preparado, talvez baste dar três pancadinhas na porta. Mas, neste instante e com respeito a meu irmão, sou tudo menos um contista. O que *sou*, isso sim, é uma coletânea de observações preliminares e nada imparciais sobre ele. Acredito que eu continue a ser, em essência, o que quase sempre fui: um narrador, porém movido por necessidades pessoais extremamente prementes. Quero apresentar, quero descrever, quero distribuir lembranças e amuletos, quero abrir a carteira e mostrar fotografias, quero seguir minha intuição. Nesse estado de espírito, não ouso nem mesmo chegar perto da forma-padrão empregada pelos contistas. Despido de minha imparcialidade, seria comido vivo se o fizesse.

Mas tenho muita, muita coisa que soa desagradável para lhe contar. Por exemplo, estou catalogando cedo demais um número excessivo de informações sobre meu irmão. Acho que você deve ter notado isso. Possivelmente reparou também – sei que não escapou de todo à *minha* atenção – que tudo o que escrevi até agora sobre o Seymour (e, por assim dizer, sobre seu tipo sangüíneo em geral) foi puramente panegírico. Está bem, preciso controlar-me. Mesmo admitindo a premissa de que não vim aqui para enterrar, e sim para exumar e, mais provavelmente, para elogiar, ainda assim acredito que a honra de todos os narradores objetivos e desapaixonados está remotamente em jogo aqui. Será que o Seymour não tinha nenhum defeito grave, nenhum vício, nenhum traço de maldade que mereça ser mencionado, ainda que de passagem? O que ele era, afinal? Um *santo*?

Felizmente (e como!), não me cabe a responsabilidade de responder a essa pergunta. Deixe-me mudar de assunto e declarar, sem hesitação, que ele possuía um vasto sortimento de traços pessoais que, em diferentes intervalos cronológicos de hipersensibilidade, ameaçavam levar ao desespero os membros mais jovens da família. Para começar, evidentemente há uma terrível característica comum entre as pessoas que procuram por Deus, pelo jeito com enorme êxito, nos mais estranhos lugares – por exemplo, nos anúncios de rádio, nos jornais, em carros de praça com taxímetros trapaceados, literalmente em toda parte. (Só para fins de registro, meu irmão, ao longo de quase toda a sua vida adulta, exibiu o hábito alucinante de investigar os cinzeiros cheios com o dedo indicador, empurrando as guimbas para os lados – e sorrindo durante toda a operação – como se esperasse ver ninguém menos que Jesus Cristo angelicamente enroscado no fundo, e nunca deu a impressão de ter ficado desapontado.) Assim, a característica básica do indivíduo avançado religiosamente, inclusive do que não se filia a uma doutrina determinada (e bondosamente incluo na definição de "avançado religiosamente", por mais odiosa que seja a expressão, todos os cristãos que satisfazem o critério do grande Vivekananda: "Veja Cristo e serás um cristão; tudo o mais é conversa fiada"), a característica que em geral melhor identifica tal indivíduo é que ele com freqüência se comporta como um tolo, quando não como um imbecil. Para uma família que conta em seu meio com um verdadeiro iluminado, é uma provação não poder confiar em que ele sempre agirá como tal. Estou prestes a terminar minha tarefa de catalogação, mas não posso fazê-lo sem antes mencionar aquele que era talvez seu mais desagradável traço pessoal. Refiro-me a seu uso da fala, ou melhor, às enormes variações em seu uso da fala: ele ou era tão lacônico quanto um porteiro de convento trapista – às vezes durante dias e até semanas a fio –, ou falava pelos cotovelos. Quando estava com a corda toda (e, para ser preciso, quase todo mundo vivia lhe dando corda, sentando-se depois quietinho ao lado dele para recolher suas idéias), quando estava com a corda toda não era raro falar por horas e horas sem uma pausa, ocasionalmente sem ao menos mostrar-se consciente da presença de uma, duas ou dez outras pessoas no aposento. Estou insinuando, sem rodeios, que ele era um inspirado falastrão, mas, para colocar a coisa em termos *muito* moderados, até mesmo o mais sublime falador é incapaz de agradar sempre à sua platéia. E digo isso, cabe acrescentar, não por algum impulso repulsivamente esplêndido de ser "honesto" para com meu leitor invisível, e sim – o que é bem pior, suponho – por acreditar que o falador em causa pode resistir a qualquer crítica. Pelo menos, sem dúvida, de minha parte. Estou na posição ímpar de poder qualificar meu irmão abertamente de falastrão – coisa bem dura de dizer sobre qualquer pessoa – e, ao mesmo tempo, como um sujeito que esconde vários ases nas mangas da camisa, recostar-me na cadeira e recordar sem esforço toda uma legião de fatores atenuantes (e "atenuantes" está longe de ser o termo adequado). Posso condensá-los num único: chegando ao meio da adolescência – aos dezesseis, dezessete anos –, Seymour não apenas havia aprendido a controlar seu vernáculo nativo (isto é, os maneirismos lingüísticos típicos da classe média de Nova York) como já desenvolvera seu próprio vocabulário poético, autêntico e preciso. Assim, suas infindáveis falações, seus monólogos, suas quase-arengas, eram quase tão agradáveis do começo ao fim – ao menos para muitos de nós – quanto, por exemplo, o grosso da obra de Beethoven depois que ele se livrou do ônus imposto pelo sentido da audição, e estou pensando em especial, embora possa parecer um excesso de zelo, nos *Quartetos* em si bemol maior e dó sustenido menor. De qualquer modo, éramos, de início, sete filhos na família, nenhum dos quais minimamente taciturno. É um problema muito sério quando seis jovens e crianças que gostam de falar e de explicar tudo, por natureza prolixos, se defrontam em casa com o campeão invencível do verbo. Em realidade, ele nunca aspirou a esse título, tendo sempre desejado do fundo do coração que um ou outro de nós o derrotasse, por força dos argumentos ou apenas pelo cansaço, numa conversa ou num debate. Pequeno detalhe que, conquanto lhe escapasse (ele tinha seus pontos cegos, como todo mundo), naturalmente irritava ainda mais a alguns de nós. O fato é que o título sempre foi seu e, embora eu creia que Seymour estivesse pronto a dar tudo no mundo para renunciar a ele – esse é o problema mais grave, sem dúvida, e não terei condições de explorá-lo a fundo por mais alguns anos –, nunca chegou a encontrar uma maneira inteiramente elegante de fazê-lo.

Nesta altura, não me parece gratuito mencionar que já escrevi antes sobre meu irmão. E mais, caso docemente persuadido, talvez possa admitir que raras vezes deixei de escrever sobre ele. Se amanhã alguém me forçasse a escrever, sob a mira de um revólver, alguma história acerca de um dinossauro, não duvido que, inadvertidamente, viesse a atribuir ao grandalhão um ou dois toques do Seymour – por exemplo um jeitinho muito meigo de abocanhar o topo de uma cicuta ou de sacudir seus dez metros de cauda. Algumas pessoas – *nenhuma* das quais amiga íntima minha – já me perguntaram se não há muito do Seymour no jovem personagem central do único romance que publiquei até hoje.[4] A bem dizer, a maior parte dessas pessoas não me *pergunta* isso, simplesmente declara que assim é. Descobri que tenho um ataque imediato de urticária quando tento protestar, mas cumpre notar que ninguém que conheceu meu irmão jamais me perguntou ou afirmou nada do gênero – pelo que lhes sou grato e fico de certo modo bastante impressionado, pois muitos de meus personagens principais falam fluentemente o idioma da ilha de Manhattan, compartilham a propensão de se meter nas maiores enrascadas e, de maneira geral, são perseguidos por uma Entidade que eu preferiria identificar, em termos simplistas, como o Velho da Montanha. Mas o que posso e devo esclarecer é que já publiquei dois contos supostamente acerca do Seymour. O mais recente, saído em 1955, é um relato muitíssimo pormenorizado do dia de seu casamento, em 1942.[5] Os pormenores são apresentados de modo tão completo que só faltou brindar os leitores, à guisa de *souvenir*, com as pegadas de cada convidado em fôrmas para sorvete de frutas; mas o próprio Seymour – o prato de resistência – não faz uma única aparição física naquelas páginas. Por outro lado no conto anterior e bem mais curto, escrito no final da década de 40, ele não apenas se faz presente em carne e osso mas anda, fala, dá um mergulho no mar e, no último parágrafo, se suicida com um tiro no crânio. Todavia, vários membros de minha família imediata (embora espalhada pelo mundo) – que costumam vasculhar minha prosa publicada em busca de pequenos erros técnicos – já me fizeram gentilmente

4. Aceitando-se mais uma vez a identificação entre J. D. Salinger e Buddy Glass, a referência é a Holden Caufield, principal personagem do romance *The Catcher in the Rye*, traduzido para o português com o título de *O apanhador no campo de centeio* (Editora do Autor). (N.T.)

5. *Raise High the Roof Beam*, Carpenters, que constitui a primeira parte deste volume com o título *Carpinteiros, levantem bem alto a cumeeira.* Uma tradução mais antiga tem o título *Pra cima com a viga, moçada!* (Editora Brasiliense). (N.T.)

saber (gentilmente até demais, para quem em geral me ataca com o zelo de um professor de gramática) que o "Seymour" que anda e fala nesse conto mais antigo, para não mencionar o tiro, não tem nada do nosso Seymour, e sim, estranhamente, se parece muitíssimo – pasmem! – comigo mesmo. O que é verdade, creio, ou verdadeiro o suficiente para me provocar uma ponta de desgosto profissional. E, conquanto não haja nenhuma *boa* desculpa para esse tipo de *faux pas*, não posso eximir-me de mencionar que aquele conto foi escrito poucos meses após a morte de Seymour e não muito depois que eu, tal como o "Seymour" do conto e o Verdadeiro Seymour, retornamos da guerra na Europa. Naquele tempo eu usava uma máquina de escrever alemã reabilitada de forma muito precária, com poucas teclas intactas.

*Ah, essa felicidade é uma droga potente.* E me infunde uma maravilhosa sensação de liberdade. Sinto que estou *livre* para lhe contar agora exatamente o que você deseja ouvir. Isto é, se, como estou certo que é fato, a coisa que você mais ama no mundo são aquelas criaturinhas de espírito puro com uma temperatura normal de 52 graus; porque, então, é inevitável que seu segundo amor seja aquele ser que venera Deus ou O odeia (ao que parece, quase nunca o meio-termo) – o santo ou o libertino, o moralista ou o completo imoral –, capaz de escrever um poema que é *de fato* um poema. Dos seres humanos, ele é o maçarico, e por isso me apresso em contar-lhe o pouco que imagino saber acerca de seus vôos, de seu calor, de seu incrível coração.

Desde o princípio de 1948 venho chocando – minha família acredita que literalmente – um caderno de folhas soltas habitado por 184 poemas curtos que meu irmão escreveu durante seus três últimos anos de vida, dentro e fora do Exército, mas principalmente dentro, bem dentro. Tenciono, no futuro próximo (coisa de alguns dias ou semanas, fico me dizendo), levantar o traseiro de cima de uns 150 desses poemas e entregá-los ao primeiro editor interessado que se apresentar de fraque bem passado e luvas cinza razoavelmente limpas; para que ele os leve sem perda de tempo à sua lúgubre oficina gráfica, onde com grande probabilidade serão aprisionados entre capas de dois tons, sem que faltem na orelha do livro algumas palavras de endosso sutilmente desfavoráveis, tal como encomendadas e pagas aos poetas e escritores "de nomeada" que não têm o menor escrúpulo em comentar de público as obras dos colegas (reservando de costume os elogios menos mornos para os amigos e para escritores que suspeitam lhes sejam inferiores, bem como para estrangeiros, diletantes ou artistas que labutam em outra área); daí os poemas seguirão para os suplementos literários de domingo, onde – se houver espaço, se a resenha sobre a mais recente, volumosa e *definitiva* biografia de Grover Cleveland não se estender em demasia – serão sucintamente apresentados ao público amante da poesia por um dos membros da panelinha de pedantes razoavelmente bem-remunerados que, em troca do reforço a seus rendimentos, não criticam necessariamente com sabedoria ou entusiasmo um novo livro de poesias, mas apenas com a preocupação de ser concisos. (Não creio que eu volte a ser tão áspero no futuro. Entretanto, se o for, procurarei fazê-lo igualmente às claras.) Bem, considerando que já estou sentado em cima dos poemas por mais de dez anos, seria de esperar – de modo surpreendentemente normal, ou pelo menos não doentio – que eu explicasse as duas principais razões pelas quais decidi expô-los agora à luz do dia. E prefiro acondicionar tais razões no mesmo parágrafo – na mesma mochila, por assim dizer –, em parte porque gostaria que ficassem perto uma da outra, em parte porque tenho a impressão, talvez otimista, de que não voltarei a precisar delas durante a viagem.

Em primeiro lugar, há o problema da pressão da família. Sem dúvida isso é uma coisa bem corriqueira, se não muito mais corriqueira do que eu esteja disposto a saber, mas tenho quatro irmãos e irmãs vivos, todos mais moços do que eu, todos muito cultos e verbalmente incontinentes, descendentes de judeus, irlandeses e, quem sabe, do próprio Minotauro: dois homens, um, Waker, monge cartuxo e ex-repórter itinerante, atualmente em clausura, e o outro, Zooey, ator de convicções religiosas não-sectárias mas igualmente poderosas, com 36 e 29 anos, respectivamente; e duas mulheres: uma jovem atriz em floração, Franny, e Boo Boo, mãe de família de temperamento esportivo que leva uma vida próspera e pacata em Westchester, respectivamente com 25 e 38 anos. Desde 1949, em diferentes ocasiões – de um seminário e de um internato, da seção de obstetrícia do Hospital de Mulheres e da sala de leitura para estudantes do *Queen Elizabeth* (situada abaixo da linha d'água), nos intervalos de exames, provas de roupas, períodos de oração e amamentações no meio da noite –, esses quatro dignitários têm me bombardeado pelo correio com uma série de ultimatos vagos mas claramente ameaçadores sobre o que acontecerá comigo se eu não fizer *algo*, e *depressa*, com os Poemas do Seymour. Vale notar, talvez de imediato, que além de escrever eu dou aulas de literatura inglesa em regime de tempo parcial numa universidade para moças no norte do estado de Nova York, não longe da fronteira com o Canadá. Vivo só (e sem gatos, faço questão de que todos saibam) numa casinha absolutamente modesta, quase acocorada no meio de um bosque e do lado mais inacessível de uma montanha. Sem contar as estudantes, os professores e as garçonetes de meia-idade, vejo muito pouca gente durante os dias de trabalho, ou mesmo durante todo o ano. Pertenço, em suma, àquela espécie de recluso literário que pode ser exitosamente coagido ou intimidado por correspondência. Todo mundo, afinal, tem um ponto de saturação, e eu não conseguia mais abrir a caixa de correio sem um temor excessivo de encontrar, aninhado entre os anúncios de equipamentos agrícolas e extratos bancários, um cartão-postal com uma longa e ameaçadora mensagem de um de meus irmãos ou irmãs, dois dos quais, parece-me muito importante registrar aqui, usam canetas esferográficas. A segunda grande razão pela qual resolvi liberar os poemas, publicá-los, é de certo modo muito menos emocional do que física. (E conduz, orgulho-me descaradamente em dizê-lo, direto aos pântanos da retórica.) Os efeitos das partículas radioativas no corpo humano, tão debatidos em 1959, não constituem a menor novidade para os velhos amantes da poesia. Usado com moderação, um verso magistral é uma excelente forma de terapia térmica, de ação geralmente rápida. Certa feita, no Exército, quando sofri por mais de três meses do que se pode chamar de uma pleurisia ambulatória, minha primeira melhora significativa ocorreu no momento em que pus no bolso da camisa um poema lírico de Blake, de aparência totalmente inocente, e o usei como cataplasma por uns dois dias. Os extremos, contudo, são sempre perigosos e, em geral, positivamente nocivos: por isso, são imensos os riscos de contato prolongado com toda poesia que pareça exceder aquilo que normalmente se considera de primeira classe. Seja como for, eu ficaria aliviado caso pudesse me distanciar dos poemas de meu irmão pelo menos por algum tempo: tenho queimaduras em áreas extensas do corpo, muito embora nenhuma delas mereça ser ainda caracterizada como grave. E o que me parece mais importante: durante a maior parte de sua adolescência e de toda a vida adulta, Seymour foi atraído de início pela poesia chinesa e depois, de maneira igualmente profunda, pela poesia japonesa. Nenhuma outra poesia no mundo o empolgou tanto.[6] Evidentemente, não tenho como saber com presteza até que ponto meu caro (embora sacrificado) leitor comum está ou não familiarizado com as poesias chinesa e japonesa. Todavia, levando em conta que até mesmo uma *breve* dissertação acerca do assunto talvez lance bastante luz sobre quem era meu irmão, não creio ser este o momento de me fazer passar por discreto ou omisso. No que têm de melhor, os versos clássicos chineses e japoneses são expressões inteligíveis que encantam, iluminam ou engrandecem o leitor atento até quase o limite do que ele é capaz de absorver sem correr risco de vida. Podem ser, e no mais das vezes são, particularmente agradáveis ao ouvido, mas em geral eu diria que o verdadeiro poeta chinês ou japonês terá de conhecer a fundo um bom caqui ou um bom caranguejo, ou até mesmo uma boa ferroada de mosquito num bom braço, pois de outro modo, por maiores, mais

6. Já que se trata de uma espécie de registro, cumpre murmurar nesta nota de pé de página que de hábito ele lia poesia chinesa e japonesa no original. Em alguma outra ocasião, provavelmente de modo pormenorizado e fatigante (pelo menos para mim), terei de me ocupar do estranho dote congênito – até certo ponto partilhado pelos sete filhos na família, mas tão óbvio quanto um defeito físico em três de nós – que nos permitia aprender línguas estrangeiras com extrema facilidade. Mas esta nota é dirigida sobretudo aos jovens leitores. Se, no desempenho de minhas funções, eu por acaso puder despertar o interesse de alguns jovens pelas poesias chinesa e japonesa, isso me deixaria muito contente. De qualquer modo, saiba o jovem, por favor, se é que não sabia ainda, que uma boa quantidade de poesias chinesas de primeira categoria foi traduzida para o inglês, com muita alma e fidelidade, por vários literatos ilustres; Witter Bynner e Lionel Giles são os nomes que vêm de pronto à memória. Os melhores poemas curtos japoneses – particularmente os *haiku*, mas também os *senryu* – podem ser lidos com especial prazer quando traduzidos por R. H. Blyth. Obviamente, Blyth se mostra por vezes perigoso, já que ele próprio é um velho e altivo poema, mas também sabe ser sublime – e, afinal de contas, quem procura a poesia por razões de segurança? (Toda essa tirada pedante, repito, é para benefício dos jovens, que escrevem para os autores e nunca recebem resposta dessa gente infame. Em parte, ademais, estou agindo em nome do meu personagem central, que, pobre coitado, também era professor.)

incomuns e mais fascinantes que sejam seus dotes semânticos e intelectuais, ou mais sedutoras suas elucubrações, ninguém no Misterioso Oriente o tomará a sério como poeta. Minha incessante exaltação interna – que correta e reiteradamente tenho definido como felicidade – está ameaçando, bem sei, transformar toda esta composição no solilóquio de um tolo. Acredito, contudo, que nem eu tenho o atrevimento de tentar dizer a que se deve o encanto e a magia do poeta chinês ou japonês. Todavia (inevitável, não é mesmo?), algo me ocorre. (Duvido que seja exatamente aquilo que estou procurando, mas não posso jogar fora a idéia assim à toa.) Uma vez, muitíssimos anos atrás, quando Seymour e eu tínhamos oito e seis anos, nossos pais deram uma festa para quase sessenta pessoas nos três aposentos e meio que ocupávamos no velho Hotel Alamac, em Nova York. Eles estavam se aposentando oficialmente como artistas de vaudevile, daí ser um acontecimento ao mesmo tempo festivo e sentimental. Nós dois tivemos permissão de sair da cama por volta das onze horas para dar uma olhada. Mas fizemos muito mais do que olhar. A pedidos, e sem nenhuma objeção de nossa parte, dançamos, cantamos, primeiro um de cada vez, depois em dueto, como crianças de nossa estirpe costumam fazer. Mas a maior parte do tempo só ficamos observando tudo o que se passava. Lá pelas duas da madrugada, quando começaram as despedidas, Seymour implorou a Bessie – nossa mãe – que o deixasse levar aos que partiam seus casacos, os quais estavam pendurados, estendidos, jogados e empilhados por todos os cantos do pequeno apartamento, até mesmo ao pé da cama onde dormia nossa irmã menor. Eu e ele conhecíamos bem uma dúzia de convidados e outros dez de vista ou reputação, praticamente nunca tendo encontrado os demais. Estávamos deitados, vale acrescentar, quando todo mundo chegou. No entanto, só de observá-los por umas três horas, de sorrir para eles, de gostar deles, Seymour – sem perguntar nada antes e sem cometer um único engano – entregou os casacos a quase todos os convidados, em alguns casos a dois de cada vez e a todos os homens seus chapéus. (Atrapalhou-se um pouco com os chapéus das mulheres.) Bem, não estou querendo sugerir que esse tipo de feito seja típico dos poetas chineses ou japoneses, e muito menos desejo insinuar que tal dote pudesse fazer deles o que eles são. Mas estou convencido de que, se um poeta chinês ou japonês não souber à primeira vista a quem pertence cada casaco, sua poesia terá pouquíssima possibilidade de algum dia amadurecer. E acho que oito anos é mais ou menos a idade-limite para se desenvolver semelhante aptidão.

(Não, não, não posso parar agora. Acho que, em meu atual Estado de Espírito, já não estou apenas defendendo a posição de meu irmão como poeta; sinto que estou removendo, ao menos por um ou dois minutos, todos os detonadores de todas as bombas nesta droga deste mundo – cortesia pública sem dúvida insignificante e apenas temporária, mas de qualquer modo minha e só minha.) É geralmente aceito que os poetas chineses e japoneses preferem temas simples, e eu me sentiria mais imbecil do que de costume se tentasse refutar isso; acontece, porém, que odeio com todas as minhas forças a palavra "simples", já que – pelo menos onde nasci – ela é quase sempre usada com relação às coisas inescrupulosamente breves, tudo o que possa significar economia de tempo, o trivial, o reles, o resumido. Tirantes minhas fobias pessoais, realmente não creio existir, em língua nenhuma (graças a Deus), uma palavra *única* capaz de descrever a escolha de material do poeta chinês ou japonês. Pergunto-me quem poderia encontrar uma palavra para caracterizar o seguinte tipo de coisa: um ministro de Estado arrogante e pomposo, enquanto caminha em seu quintal e recorda o discurso particularmente devastador que pronunciou pela manhã na presença do Imperador, pisa, para sua *tristeza*, num esboço de desenho a bico-de-pena que alguém perdera ou jogara fora. (Ai de mim, há um escritor de prosa por aqui: tive de grifar uma palavra, coisa que o poeta oriental jamais faria.) O grande Issa alegremente nos informa que há uma peônia bochechuda no jardim. (Nem mais nem menos. Se a gente vai ou não dar uma olhada na peônia bochechuda, não é problema dele; ao contrário de certos escritores de prosa e poetastros ocidentais, cujos nomes me recuso a divulgar, ele não nos policia.) A menção mesma do nome de Issa convence-me de que o verdadeiro poeta não escolhe seu material. O material sem dúvida o escolhe, não o oposto. Uma peônia bochechuda só se revelará a Issa – não a Buson, não a Shiki, nem mesmo a Bashô. Com certas modificações prosaicas, a mesma regra se aplica ao arrogante e pomposo ministro de Estado. Ele não ousará pisar na folha de desenho com uma tristeza divinamente humana antes que lá esteja, para observá-lo, o grande plebeu, bastardo e poeta Lao Ti-Kao. O milagre do verso chinês e japonês está em que a voz pura de um poeta é igual à de qualquer outro, mas ao mesmo tempo totalmente distinta, única. Quando aos 93 anos de idade alguém lhe elogia a sabedoria e a caridade, Tang-Li revela que suas hemorróidas o estão incomodando pra diabo. Outro exemplo, o último: Ko-Huang comenta, enquanto as lágrimas lhe correm pelo rosto, que seu falecido senhor tinha péssimos modos à mesa. (Há sempre o perigo de exagerar um pouco na crítica ao Ocidente. Existe uma frase nos Diários de Kafka – uma de muitas, na verdade – que poderia facilmente anunciar a chegada do Ano-Novo chinês: "A moça, só porque estava passeando de braços dados com o namorado, olhou placidamente a seu redor".) Quanto ao meu irmão Seymour... ah, bem, meu irmão Seymour.

Para esse oriental de descendência celta-semítica, necessito de um parágrafo novinho em folha.

Para todos os efeitos, Seymour escreveu e falou poesia chinesa e japonesa durante os trinta e um anos em que fez uma parada entre nós, mas sua iniciação formal ocorreu certa manhã quando ele tinha onze anos, na sala de leitura do primeiro andar de uma biblioteca pública nos números altos da Broadway, perto de onde morávamos. Era um sábado, não tínhamos escola e não havia nada mais premente diante de nós que o almoço; nadávamos sem pressa por entre as estantes, vez por outra pescando com seriedade novos autores, quando de repente ele me chamou para ver o que descobrira. Tinha acabado de pegar uma tradução dos versos de P'ang, a maravilha do século XI. Mas, como é sabido, a pescaria numa biblioteca ou em qualquer outro lugar é coisa arriscada, pois nunca se sabe quem vai pegar quem. (Os perigos da pescaria em geral constituíam mesmo um dos temas prediletos do Seymour. Quando pequeno, meu irmão menor Walt era um grande pescador com anzóis de alfinetes recurvados e, no seu nono ou décimo aniversário, ganhou de presente do Seymour – uma das grandes alegrias de sua vida, creio eu – um poema sobre um menino rico que pesca um peixinho no rio Hudson; na hora em que puxa o anzol, o menino sente uma forte dor no lábio inferior, mas logo se esquece da coisa. No entanto, ao chegar em casa e soltar o peixinho ainda vivo na banheira, repara que sua presa está usando um boné de sarja azul, idêntico ao que ele usava na escola: pegando o bonezinho ainda molhado, descobre que nem ao menos faltava seu nome bordado no lado de dentro.) A partir daquela manhã Seymour ficou fisgado para sempre. Quando tinha uns catorze anos, um ou outro dos irmãos já dava batidas regulares nos bolsos de seus casacos e paletós em busca de algo que ele tivesse escrito durante alguma aula de ginástica menos movimentada ou uma espera mais longa para ser atendido pelo dentista. (Passou-se um dia desde que escrevi esta última frase e, nesse meio-tempo, telefonei para minha irmã Boo Boo, que está em Tuckahoe, perguntando-lhe se havia algum poema da infância do Seymour que ela gostaria de ver incluído neste relato. Ela disse que me chamaria de volta. Sua escolha irritou-me um pouco por não se adequar de todo a meus propósitos atuais, mas acho que a irritação passará logo. O que ela selecionou, por acaso sei, foi composto quando o poeta tinha oito anos: "John Keats/ John Keats/ John/ Põe o teu blusão marrom".) Aos 22 anos ele já possuía um alentado maço de poemas que eu considerava excelentes; e eu, que nunca escrevi uma única linha em minha vida sem instantaneamente visualizá-la em letra de fôrma, insisti com certa rispidez que ele tratasse de publicá-los. Mas não, ele achava que não podia fazer isso. Ainda não; talvez nunca. Os poemas eram muito não-ocidentais, cheiravam demais a flor de lótus. Ele disse que os considerava ligeiramente ofensivos. Não sabia ao certo onde estava a ofensa, mas às vezes achava que os poemas pareciam ter sido escritos por um ingrato ou coisa assim, alguém que pelo menos dava a impressão de estar repudiando seu próprio meio e as pessoas que lhe eram próximas. Disse que comia as comidas guardadas em nossas imensas geladeiras, dirigia nossos carros de oito cilindros, tomava sem hesitação nossos remédios quando ficava doente e confiava no Exército norte-americano para proteger seus pais e irmãos da Alemanha de Hitler. E, no entanto, nada, nem uma única linha, em seus poemas refletia essas realidades. Algo estava terrivelmente errado. Disse que, ao acabar um poema, muitas vezes pensava na srta. Overman. Cumpre esclarecer que essa srta. Overman trabalhava na primeira biblioteca pública que costumávamos freqüentar quando crianças.

Ele se acreditava moralmente obrigado perante a srta. Overman a procurar, por mais longa e difícil que fosse a empreitada, uma forma de poesia que estivesse de acordo com seus padrões peculiares, mas que nem por isso fosse de todo incompatível, mesmo à primeira vista, com os gostos literários dela. Quando acabou de explicar tudo isso, fiz-lhe ver calma e pacientemente – isto é, claro, aos gritos – quais eram em meu entender as deficiências da srta. Overman como crítica ou mesmo leitora de poesia. Ele então me lembrou que, em sua primeira visita à biblioteca (sozinho, seis anos de idade), a srta. Overman, deficiente ou não como avaliadora de poesias, havia procurado num livro uma reprodução da catapulta de Leonardo da Vinci e a pusera animadamente diante dele; daí o Seymour não ter a menor satisfação em terminar um poema sabendo que a srta. Overman teria dificuldade em lê-lo com agrado ou senso de participação – sobretudo, como seria provável, se ela tivesse se despedido pouco antes de seu querido sr. Browning ou do também amado, e não menos explícito, sr. Wordsworth. A discussão – minha altercação, a exposição do Seymour – acabou aí. É impossível discutir com alguém que acredita, ou suspeita de forma apaixonada, que a função do poeta não é escrever o que tem de escrever, e sim escrever o que deveria escrever caso sua vida dependesse de ter de assumir a responsabilidade de escrever o que deve num estilo suscetível de desgostar tão poucas de suas velhas amigas bibliotecárias quanto humanamente possível.

Para os que têm fé, para os que têm paciência, para os hermeticamente puros, todas as coisas importantes no mundo – talvez não a vida ou a morte, que são meras palavras, porém as coisas realmente importantes – acabam sempre dando certo. Antes de morrer, Seymour teve por mais de três anos o maior prazer que é permitido a um artífice experimentado sentir. Encontrou uma forma de versificação que era adequada para ele, que preenchia seus mais rigorosos requisitos poéticos e que, acredito, estivesse ela ainda viva, seria considerada até pela srta. Overman impressionante, talvez mesmo agradável e sem dúvida "envolvente", desde que ela se entregasse aos poemas do Seymour com o mesmo entusiasmo que devotava aos velhos amores, Browning e Wordsworth. É muito difícil descrever a forma poética que ele descobriu, que criou para si.[7] Talvez fosse útil, de início, deixar claro que, de todas as formas poéticas, Seymour preferia o *haiku* clássico japonês, de três linhas e dezessete sílabas, os quais compunha (ou produzia em episódios hemorrágicos) quase sempre em inglês, mas às vezes, confesso com toda a relutância, em japonês, alemão ou italiano. Poder-se-ia dizer, e provavelmente se dirá, que os poemas da última fase de Seymour parecem em essência traduções para o inglês de uma espécie de *haiku* duplo, se existisse tal coisa. Não pretendo discutir essa apreciação, mas fico enojado só de pensar que, daqui a alguns anos, um professor qualquer de literatura, dotado de indestrutível vocação humorística – até mesmo eu, quem sabe –, vai se sair com a gracinha de que um poema do Seymour está para o *haiku* assim como o martíni duplo está para o martíni comum. E o fato de que isso é uma inverdade não será suficiente para sofrear o pedante professor, desde que ele creia que a turma está devidamente propensa a rir da piada. Seja como for, enquanto posso, enunciarei o que se segue devagar e com todo o cuidado: os poemas da última fase do Seymour são versos de seis linhas, sem ca-

7. A única coisa normal e racional seria, neste ponto, exibir um, dois ou todos os 184 poemas, deixando que o leitor os visse por si mesmo. Mas não posso fazer isso. Nem sei se tenho o direito de discutir o assunto. Recebi permissão de sentar-me em cima dos poemas, de revisá-los e selecioná-los, de cuidar deles e, eventualmente, de encontrar um editor que os publique; entretanto, por razões extremamente pessoais, a viúva do poeta, que detém a propriedade dos poemas, proibiu-me de reproduzi-los aqui no todo ou em parte.

dência métrica regular, mas no mais das vezes iâmbicos, que – em parte por sua devoção aos falecidos mestres japoneses e, em parte, por inclinação poética própria, que o levava a trabalhar dentro de áreas fabulosamente restritas – o Seymour limitava a 34 sílabas, ou seja, ao dobro de sílabas do *haiku* clássico. Afora isso, os 184 poemas que atualmeute coabitam comigo só se parecem mesmo com o próprio Seymour. Até do ponto de vista acústico os poemas lhe são peculiares. Isto é, cada poema é tão insonoro, tão sossegado, quanto o Seymour julgava que um poema devia ser, mas vez por outra se ouvem rajadas curtas de eufonia (na falta de palavra menos atroz) – que para mim soam como se alguém, evidentemente não de todo sóbrio, entrasse no meu quarto, tocasse com indubitável encanto e maestria três, quatro ou cinco notas num trompete, e desaparecesse. (Jamais qualquer outro poeta me deu a impressão de estar tocando trompete no meio de um poema, e muito menos tocando com habilidade, por isso prefiro falar pouco sobre esse assunto. Ou nada, na verdade.) Dentro dessa estrutura de seis linhas e com seus estranhos recursos harmônicos, Seymour fazia de um poema exatamente o que tinha de fazer. A maioria dos 184 poemas é vibrante, sem ser alegre, e pode ser lida por qualquer pessoa em qualquer lugar, até mesmo em voz alta nos orfanatos mais progressistas em noites de tempestade; entretanto, eu não recomendaria sem reservas os últimos trinta ou trinta e cinco poemas a ninguém que não tenha morrido pelo menos duas vezes durante sua vida, de preferência mortes lentas. Meus poemas prediletos, se é que tenho algum, e certamente tenho, são os dois últimos da coleção. Não creio que esteja avançando o sinal se disser apenas do que tratam. O penúltimo é sobre uma jovem mãe que obviamente está envolvida naquilo que meu velho manual sobre o matrimônio define como atividades extraconjugais. Seymour não a descreve, mas ela entra no poema no justo instante em que o tal trompete dele está produzindo um de seus sons mais extraordinários e efetivos, de modo que a vejo como uma moça terrivelmente bonita, moderadamente inteligente e imoderadamente infeliz, que com toda a probabilidade mora a um ou dois quarteirões do Museu Metropolitano de Arte. Certa noite, depois de um encontro com o amante, ela volta para casa já bem tarde – e visualizo suas olheiras, as manchas de batom – para encontrar sobre a coberta da cama uma bola de soprar. Alguém simplesmente a deixara ali. O poeta não diz, mas só pode ser uma bola bem cheia, com toda a probabilidade tão verde quanto o Central Park na primavera. O outro poema, o último do lote, é sobre um homem ainda moço, recém-enviuvado, que mora nos subúrbios de Nova York e, certa noite, senta-se em seu pedacinho de gramado (implicitamente de pijama e robe) para olhar a lua cheia. Uma entediada gata branca, sem dúvida parte da família e quase certamente personagem antes importante na casa, aproxima-se dele e se deita de pernas para o ar. O homem dá a mão esquerda para que a gata morda, enquanto continua olhando a Lua. É bem possível, aliás, que este último poema tenha grande interesse para meu leitor comum por duas razões bem especiais. Gostaria muito de examinar tais razões.

Como convém à poesia em geral, e enfaticamente à poesia com forte "influência" chinesa ou japonesa, os versos de Seymour são tão enxutos quanto possível e sempre despidos de toda e qualquer decoração. No entanto, durante um fim de semana que passou aqui comigo há uns seis meses, minha irmã Franny, ao revistar por acidente as gavetas de minha escrivaninha, deu com esse poema sobre o jovem viúvo que acabei de (criminosamente) descrever; estava separado do resto da coleção para ser datilografado de novo. Por motivos que não vêm estritamente ao caso, ela jamais lera o poema e, como é natural, devorou-o na mesma hora. Mais tarde, conversando comigo, declarou não entender por que Seymour especificara que o viúvo tinha dado a mão esquerda à gata. O pormenor a preocupava. Disse que esse negócio de "mão *esquerda*" soava muito mais como coisa minha do que do Seymour. Excetuada, é óbvio, a insinuação caluniosa à minha crescente paixão profissional pelos detalhes, o que ela quis dizer é que o adjetivo lhe parecera inoportuno, explícito demais, pouco poético. Arrasei-a na discussão que se seguiu e, francamente, estou pronto para arrasar *você* também se necessário. Não tenho a menor dúvida de que Seymour considerou vital sugerir que fora a mão esquerda, a menos importante, aquela em que o jovem viúvo deixara a gata branca cravar seus dentes afiados como agulhas, reservando assim a mão direita para afagar-lhe a barriga ou a cabeça. Não duvido que esse tipo de análise pareça insuportavelmente cansativo para muitos leitores. Vai ver é mesmo. Mas sei o valor que meu irmão atribuía à mão humana. Além disso, há outro aspecto muitíssimo significativo a considerar. Talvez não seja de muito bom gosto discutir longamente o assunto – tal como não o seria insistir em ler pelo telefone, para um estranho, todo o roteiro da peça *A rosa irlandesa de Alie* –, mas Seymour era metade judeu e, conquanto eu não possa falar desse tema com a autoridade absoluta do grande Kafka, aos quarenta anos de idade estou muito inclinado a crer que qualquer homem inteligente com boa dose de sangue semita nas veias mantém ou manteve relações de insuspeitada intimidade com suas mãos; e, muito embora esse homem possa passar anos a fio, figurativa ou literalmente, com as mãos nos bolsos (como dois amigos ou parentes algo intrometidos que preferiria não convidar para uma festa em sua casa), acredito que ele as usará de imediato numa crise, fará mesmo alguma coisa de drástico com elas, tal como, por exemplo, mencionar nada poeticamente no meio de um poema que a gata mordeu a mão esquerda. Isso porque a poesia é decerto uma crise, talvez a mais autêntica que tenhamos de enfrentar. (Desculpe-me pelo palavrório. Infelizmente, talvez ainda venha mais pela frente.) A segunda razão pela qual acho que aquele poema tem um interesse especial para meu leitor comum está na impressionante carga pessoal que foi posta nele. Nunca vi nada semelhante em letra de fôrma e – talvez deva cometer a imprudência de mencionar – desde a mais tenra idade até bem depois dos trinta anos raramente li menos do que duzentas mil palavras por dia, com freqüência algo como quatrocentas mil. Aos quarenta anos, confesso, perdi grande parte deste elã e, quando não sou obrigado a inspecionar composições literárias minhas ou de jovens senhoritas, costumo ler muito pouco, com execeção dos ásperos postais de meus familiares, catálogos de sementes, boletins de ornitólogos amadores e comoventes votos de pronta recuperação enviados por velhos leitores meus que, sei lá onde, captaram a falsa informação de que passo seis meses do ano num monastério budista e os outros seis numa clínica psiquiátrica. Bem sei que o orgulho de quem não lê nada, ou lê com grande moderação, é ainda mais ofensivo do que o orgulho de certos devoradores de livros, motivo pelo qual (acho que estou falando isso a sério) tentei preservar algumas de minhas antigas vaidades literárias. Uma das mais criticáveis é a de que geralmente sou capaz de determinar se um poeta ou escritor de prosa está recorrendo a uma experiência de primeira, segunda ou décima mão, ou até mesmo nos impingindo algo que pensa ser fruto exclusivo de sua imaginação. No entanto, quando em 1948 li pela primeira vez o poema sobre o jovem viúvo e a gata branca – ou melhor, ouvi sua melodia –, custou-me acreditar que o Seymour já não houvesse enterrado pelo menos uma esposa sem que ninguém da família soubesse. Nada disso acontecera, é claro. Pelo menos (e, se alguém ficar envergonhado com o que direi, esse alguém será o leitor), não nesta encarnação. Além disso, com base no meu amplo e algo sinuoso conhecimento do Seymour, posso afirmar que ele nem ao menos foi amigo íntimo de algum jovem viúvo. Como último e imprudente comentário sobre a matéria, seja dito que ele tinha tão pouco de viúvo quanto isso é possível para qualquer jovem norte-americano do sexo masculino. E, embora todo homem casado (não excluo o Seymour apenas para fins de debate) possa imaginar em momentos de grande aflição ou euforia como seria sua vida se a mulherzinha desaparecesse de cena (estando implícito aqui que um poeta de primeira categoria seria capaz de extrair uma bela elegia desse tipo de devaneio), tal possibilidade só deve interessar aos psicólogos de plantão, fugindo de todo a meus propósitos. Minha opinião – e tentarei, contra as probabilidades de hábito, não me estender demais – é que quanto mais os poemas de Seymour pareçam derivar, ou *derivem* realmente, de uma experiência pessoal, tanto menos revelarão os fatos conhecidos sobre sua vida neste mundo ocidental. Na verdade, meu irmão Waker sustenta (e espero que o superior de seu convento jamais saiba disso) que o Seymour, em muitos de seus melhores poemas, parece estar recorrendo aos altos e baixos de outras existências singularmente memoráveis, vividas nos campos de Benares, no Japão dos tempos feudais, nas metrópoles da Atlântida. Dou uma parada, é claro, para permitir que o leitor levante as mãos aos céus em protesto ou, mais provavelmente, as lave de qualquer responsabilidade para com nossa família. Seja como for, imagino que todos os meus irmãos ainda vivos concordariam alegremente com o Waker, embora um ou outro talvez preferisse fazer ligeiras apreciações. Por exemplo, na tarde em que se suicidou, Seymour escreveu um *haiku* em estilo clássico no mata-borrão da escrivaninha de seu quarto de hotel. Não gosto muito da tradução literal que fiz do poema – escrito em japonês –, mas é sobre uma menininha que, durante uma viagem de avião, vira para trás a cabeça de sua boneca a fim de que ela veja melhor o poeta. Mais ou menos uma semana antes de compor esse poema Seymour de fato viajou de avião, daí Boo Boo ter sugerido, com uma certa dose de perfícia, que talvez *houvesse* mesmo uma menina a bordo com sua boneca. Duvido muito. Não nego terminantemente que houvesse, mas duvido muito. E, caso fosse verdade – no que não acredito nem por um minuto –, aposto que a menina jamais pensou em chamar a atenção de sua amiguinha para o Seymour.

Estou me estendendo demais sobre a poesia de meu irmão? Estou sendo tagarela? Sim, estou. Estou me estendendo demais sobre a poesia de meu irmão. Estou sendo tagarela. E sinto muito que assim seja. Mas os motivos para que eu continue se multiplicam como coelhos à medida que avanço. Além disso, embora eu seja, como já anunciei de maneira bastante conspícua, um escritor feliz, estou pronto a jurar que não sou nem nunca fui um escritor alegre; misericordiosamente, fui aquinhoado com uma boa cota profissional de pensamentos tristes. Por exemplo, já me ocorreu que, quando eu enfim começar a contar o que sei sobre o próprio Seymour, não me restará espaço, ou o necessário ritmo de pulsação cardíaca, ou até mesmo, num sentido amplo mas honesto, suficiente desejo para voltar a falar de sua poesia. Neste exato instante, para meu alarme, enquanto seguro meu próprio punho e me dou lições acerca dos males da tagarelice, talvez esteja perdendo a chance da minha vida (a última chance, creio firmemente) de fazer um derradeiro pronunciamento público – por mais rouca que seja minha voz, por mais censuráveis que sejam minhas idéias – a propósito da posição ocupada por meu irmão na poesia norte-americana. Não posso permitir que isso aconteça. Lá vai: quando lanço os olhos, os ouvidos, sobre a meia dúzia ou pouco mais de poetas originais que tivemos nos Estados Unidos, assim como sobre os numerosos poetas excêntricos porém talentosos e – especialmente nos últimos tempos – os bem-dotados transviados literários, chego perto de convencer-me de que realmente tivemos apenas três ou quatro poetas *quase* indispensáveis. E acredito que o Seymour, um dia, estará entre esses poucos. Não de uma hora para a outra, *verständlich* – afinal de contas, está pensando o quê? Meu palpite, meu palpite talvez exageradamente ponderado, é que as primeiras levas de críticos condenarão de forma indireta seus versos ao caracterizá-los como Interessantes ou Muito Interessantes, acrescentando a declaração tácita ou erroneamente explícita, e por isso ainda mais maléfica, de que são produções raquíticas, subacústicas, que cometeram o grande crime de não chegar à atualidade ocidental munidas de um alto-falante. No entanto, como já observei, um verdadeiro artista sobrevive a tudo. (Até mesmo aos elogios, tenho o prazer de suspeitar.) E me recordo também de que, certa vez, quando éramos crianças, Seymour, excitadíssimo, me despertou de um sono profundo, seu pijama amarelo brilhando no escuro. Estava com o que meu irmão Walt costumava chamar de Cara de Eureka, e queria me dizer que acreditava ter enfim entendido por que Jesus Cristo ensinara que não se deve chamar ninguém de Tolo. (O problema já o preocupava havia uma semana, pois a frase lhe parecia, creio eu, muito mais o conselho típico de uma colunista de boas maneiras que o de alguém ocupado em fazer cumprir os mandamentos de Seu Pai.) Jesus dissera isso, Seymour me informou, porque não existe nenhum tolo. Bobos, sim – tolos, não. Achou que valia a pena me acordar por causa disso. Mas, se admito que ele realmente tinha razões para acordar-me (e admito, sem reservas), então sou obrigado a reconhecer que, se lhes for dado tempo suficiente, até mesmo os críticos de poesia provarão não ser tolos. Para ser franco, não estou muito convencido disso, daí minha satisfação em poder mudar de assunto. Estou chegando, enfim, ao ponto crucial desta dissertação compulsiva e algo doentia sobre a poesia de meu irmão. Sabia, desde o começo, que isso viria à tona. Que bom seria se o leitor me dissesse alguma coisa terrível antes de eu seguir em frente. (Ah, você aí, com seu invejável silêncio de ouro.)

Tenho uma recorrente premonição, em 1959 já quase crônica, de que, tão logo os poemas do Seymour sejam amplamente, quase oficialmente, reconhecidos como de primeira categoria (sucesso de venda nas livrarias universitárias, leitura obrigatória nos cursos de Poesia Contemporânea), jovens estudantes recém-matriculados, homens e mulheres, se lançarão, sozinhos ou em duplas, cadernos em riste, rumo à minha porta algo rangedora. (Sinto muito que esse assunto tenha surgido, mas certamente é tarde demais para simular uma modéstia, para não dizer decoro, que não possuo mesmo: o fato é que minha prosa, reputadamente sentimental, me transformou num dos mais apreciados gurus literários desde Ferris L. Monahan, e muitos jovens estudantes de literatura já sabem onde moro, ou me escondo: tenho como testemunho as marcas de seus pneus em meus canteiros de rosas.) Em geral, diria sem a menor hesitação que existem três tipos de estudantes dotados da força de vontade e do destemor essenciais para se debruçar sobre um poço de saber literário. O primeiro tipo é o rapaz ou a moça que ama e respeita sem limites qualquer espécie razoavelmente séria de literatura e que, não podendo dispor de um Shelley em carne e osso, se satisfará em procurar os fabricantes de produtos de qualidade algo inferior. Conheço bem esses rapazes e moças, ou penso que conheço. São ingênuos, são intensos, são entusiasmados, suas opiniões são quase sempre incorretas – e, creio eu, constituem a eterna esperança dos literatos *blasés* do mundo inteiro. (Por uma sorte que não posso acreditar seja merecida, em boa parte das turmas que ensinei nesses últimos doze anos havia sempre uma dessas jovens criaturas efervescentes, convencidas, irritantes, instrutivas e freqüentemente encantadoras.) A segunda espécie de jovem que realmente vai de porta em porta à cata de informações literárias sofre, até com certo orgulho, de academicite, contraída no contato com qualquer um da meia dúzia de professores de Literatura Moderna a que esteve exposto desde o primeiro ano da universidade. No mais das vezes, se ele próprio já trabalha como assistente ou professor, a enfermidade estará tão avançada que são diminutas as chances de recuperação, mesmo se algum especialista tentasse curá-lo. No ano passado, para dar um exemplo, bateu por aqui um rapaz interessado em algo que eu escrevera muitos anos antes e que tinha bastante a ver com o Sherwood Anderson. Chegou quando eu estava cortando parte de minha reserva de lenha para o inverno com uma serra a motor; a qual, mesmo após oito anos de uso constante, ainda me apavora. Estávamos em pleno degelo primaveril, fazia um sol lindo e, para ser franco, eu me sentia visitado por um espírito bucólico digno do próprio Thoreau (coisa rara para mim, que, depois de treze anos de vida no campo, ainda calculo as distâncias rurais em termos de quarteirões de Nova York). Em suma, tudo parecia indicar uma tarde promissora, apesar de literária, e eu tinha grandes esperanças de fazer com que o rapaz, à la Tom Sawyer e seu balde de cal, me desse uma mãozinha com a serra. Ele dava a impressão de ser saudável, diria mesmo robusto. No entanto, sua aparência enganosa quase me custou o pé esquerdo: entre os roncos e arrancos da serra, eu acabara de desfiar um panegírico breve e (pelo menos para meu gosto) bastante agradável sobre o estilo delicado e eficaz de Sherwood Anderson, quando o rapaz me perguntou – após um momento de reflexão cruelmente auspicioso – se eu não achava que havia um endêmico *zeitgeist* norte-americano. (Pobre rapaz. Ainda que tome todo o cuidado com a saúde, não lhe dou mais de cinqüenta anos de vida universitária ativa.) O terceiro tipo de pessoa que rondará minha casa depois que os poemas do Seymour tiverem sido devidamente desembrulhados e etiquetados merece um parágrafo próprio.

Seria absurdo afirmar que a atração pela poesia da maior parte dos jovens é em muito excedida por sua atração pelos detalhes da vida do poeta, abundantes ou não, que poderiam ser aqui definidos, sem rigor técnico, como escabrosos. Mas esse é o tipo de idéia absurda que, um dia, eu talvez venha a testar cientificamente. De qualquer modo, tenho a mais absoluta certeza de que, se pedisse às sessenta tantãs (ou melhor, às sessenta e tantas moças) que compõem minhas duas turmas de Literatura para Publicação – a maioria no último ano da universidade, todas se formando em Língua Inglesa – para citarem uma linha, qualquer linha, do "Ozymandias", ou pelo menos para dizerem de que trata o poema, duvido que dez delas pudessem fazer uma ou outra dessas coisas; mas apostaria minhas recém-plantadas tulipas que umas cinqüenta seriam capazes de me dizer que Shelley era inteiramente favorável ao amor livre, que uma de suas mulheres escreveu *Frankenstein* e que a outra se suicidou por afogamento.[8] Tal idéia não me choca ou enraivece, note bem. Acho que não estou nem reclamando. Porque, se ninguém é tolo, eu também não sou; por isso, estou prosaicamente consciente de que – quem quer que sejamos, mesmo se nossos últimos bolos de aniversários tiverem tantas velas que pareçam altos-fornos, por mais supostamente sublimes que sejam nossas conquistas intelectuais, morais e espirituais – nosso gosto pelo escabroso ou pelo parcialmente escabroso (o qual, é óbvio, inclui todas as formas de mexerico) constitui possivelmente o último de nossos apetites carnais a ser saciado ou controlado de modo eficaz. (Mas, Deus meu, por que continuo a divagar? Por que não vou direto ao poeta em busca de uma ilustração? Um dos 184 poemas do Seymour – chocante à primeira vista, porém numa segunda leitura um hino de encorajamento aos vivos tão estimulante quanto eu jamais tenha lido – é sobre um ilustre asceta que, em seu leito de morte, cercado de discípulos e sacerdotes que entoam salmos, força o ouvido para escutar o que a lavadeira está falando no quintal sobre as roupas sujas do vizinho. Seymour deixa claro que o ve-

8. Só pelo prazer de defender uma idéia eu talvez esteja sendo desnecessariamente injusto com minhas alunas. Outros professores já cometeram semelhante deslize. Ou talvez eu tenha apenas escolhido mal o poema. Se é verdade, como maldosamente afirmei, que o "Ozymandias" costuma deixar meus alunos vividamente indiferentes, é possível que grande parte da culpa caiba ao próprio "Ozymandias". Talvez o Louco Shelley não fosse suficientemente louco. Como quer que seja, sua loucura sem dúvida não era uma loucura do coração. Minhas alunas bem sabem que Robert Burns bebia demais e levava uma vida desregrada, e provavelmente se alegram muito com isso, igualmente convencido de que também conhecem tudo sobre o magnífico camundongo que ele desenterrou com seu arado. (Será possível, me pergunto, que aquelas "duas imensas pernas de pedra, sem corpo", no meio do deserto, pertençam ao próprio Percy? Será concebível que sua vida ofusque o melhor de sua poesia? E, se assim ocorre, será porque... Bem, desisto. Mas tomem cuidado, jovens poetas! Se vocês querem que nos lembremos de seus melhores poemas pelo menos com tanto carinho quanto de suas Vidas Picarescas e Pitorescas, tratem de nos dar, em cada estrofe, um camundongo do campo saído diretamente do coração.)

lho senhor ficaria docemente grato aos sacerdotes se eles cantassem um pouquinho mais baixo.) Noto, contudo, que estou enfrentando uma *pequena* dose da dificuldade comum a quem tenta fazer com que uma generalização muito conveniente permaneça dócil e quieta pelo tempo necessário para sustentar uma premissa extraordinariamente específica. Não me agrada ser sensato na matéria, porém acho que devo tentar. Parece-me indiscutível que muita gente no mundo todo, malgrado as diferenças de idade, cultura e dotes naturais, reage com ímpeto especial, em certos casos até mesmo febril, aos artistas e poetas que, além da reputação de produzirem arte de alta qualidade, têm algo de extravagantemente Errado como indivíduos: um defeito espetacular de caráter ou de comportamento cívico, uma desgraça ou vício supostamente românticos – extremo egotismo, infidelidade conjugal, surdez, cegueira, sede insaciável, tosse mortal, fraqueza por prostitutas, certa parcialidade em favor do adultério ou do incesto em larga escala, queda comprovada ou não pelo ópio ou pela sodomia etc. etc. Deus tenha piedade dessas solitárias criaturas. Se o suicídio não encabeça o rol das constrangedoras enfermidades dos homens criativos, é impossível negar que o poeta ou artista suicida sempre mereceu uma grande dose de ávida atenção, com freqüência por razões meramente sentimentais, como se ele fosse (para colocar a coisa de maneira muito mais horrível do que realmente desejo) o filhote estropiado da ninhada. Mas, *enfim expressa*, esta é uma idéia que já me roubou muitas noites de sono e provavelmente ainda roubará outras no futuro.

(Como é que eu posso registrar o que registrei e ainda sentir-me feliz? Mas me sinto. Alegre, não, nem de leve, porém meu entusiasmo parece ser à prova de qualquer choque. No melhor estilo de alguém que conheci. Você nem pode imaginar os planos grandiosos que eu tinha para estas páginas. Acho que estavam fadados, entretanto, a fenecer no fundo de minha cesta de papéis. *Tencionava*, aqui, contrabalançar os dois soturnos parágrafos anteriores com alguns toques de humor ensolarados, dessas tiradas irresistíveis que, creio eu, costumam deixar meus colegas literatos verdes de inveja ou de náusea. Pensava revelar ao leitor que, se e quando algum jovem aparecesse para fazer perguntas sobre a vida e a morte do Seymour, uma curiosa doença de que sofro tornaria a entrevista inteiramente inviável. Planejava mencionar – apenas de passagem, porque espero discutir o assunto interminavelmente em outra ocasião – que eu e o Seymour, quando crianças, passamos quase sete anos respondendo a perguntas num programa radiofônico, razão pela qual, desde que saímos formalmente do ar, reajo de modo estranhíssimo até mesmo diante de quem apenas me pergunta que horas são. Além disso, projetava divulgar o fato de que, após doze anos de cátedra universitária, sou hoje em dia, em 1959, sujeito a freqüentes ataques daquilo que meus colegas lisonjeiramente denominam mal de Glass – ou seja, em linguagem leiga, um espasmo patológico dos músculos lombares e abdominais que faz com que os professores, nas horas de folga, se dobrem em dois e atravessem as ruas a galope, ou se escondam embaixo de qualquer móvel de dimensões apropriadas, diante da simples aproximação de alguém de menos de quarenta anos. Mas nenhum desses achaques vai me ser útil nesse caso. Há uma certa dose de triste verdade com relação a ambos, mas não o bastante. Pois o fato terrível e inelutável, que acaba de me atingir entre um parágrafo e o outro, é que eu *anseio* por falar, por ser inquirido, interrogado, sobre esse determinado homem morto. Acabo de entender que – afora outros, e espero menos ignóbeis, motivos – não escapei à presunção comum aos sobreviventes de que eles são as únicas pessoas no mundo que conheceram intimamente o falecido. *Ah, que venham* – os imaturos e os entusiastas, os academicistas, os curiosos e sabichões de todos os tipos e tamanhos! Que encham ônibus para vir até aqui, que se atirem de pára-quedas, Leicas a tiracolo. Fervilham em minha mente graciosos discursos de boas-vindas. Uma das mãos já avança em direção à caixa de detergente, a outra rumo às xícaras sujas. Jamais um sinal de cansaço, de tristeza. *O tapete vermelho já foi estendido.*

Um assunto muito delicado agora. Algo vulgar, não há dúvida, mas delicado, muito delicado.

Tendo em conta que isso talvez não volte a ser tratado com a desejável abundância de detalhes, julgo útil que o leitor saiba logo, e de preferência não mais o esqueça, que eu e meus irmãos descendemos de dois espantosamente longos e variegados ramos de artistas profissionais. De modo geral, falando (ou murmurando) em termos genéticos, nós sabemos cantar, dançar e, se você ainda duvida, contar Piadas. Mas acho particularmente importante ter em mente – como o fez Seymour desde a infância – que do grupo consta uma ampla variedade de artistas de circo ou coisa parecida. Um de meus bisavôs (*e* do Seymour), para dar um exemplo reconhecidamente suculento, era um judeu polonês chamado Zozo que se notabilizou como palhaço de circo e que tinha uma queda irresistível – até o fim da vida, é o que se supõe – para o mergulho de grandes alturas em minúsculas tinas cheias d'água. Outro de nossos bisavôs, um irlandês chamado MacMahon (a quem minha mãe, para seu eterno crédito, jamais se referiu no melhor estilo gaélico como um *darlin' man*), trabalhava por conta própria: deixava pelo chão diversas garrafas vazias de uísque e, quando se via cercado por um número razoável de espectadores dispostos a cair com algum dinheiro, sapateava em cima das garrafas, delas extraindo a música de acompanhamento. (Por conseguinte, e sei que você aceitará minha palavra, não faltam alguns doidinhos em nossa árvore genealógica.) Nossos próprios pais, Les e Bessie Glass, faziam um número de canto-dança-humorismo bastante convencional, mas (assim *acreditamos*) de excelente qualidade. Como artistas de vaudevile, quase atingiram o estrelato na Austrália (onde Seymour e eu passamos dois anos de nossa mais tenra infância, enquanto eles cumpriam uma agenda abarrotada de compromissos); mais tarde, já nos Estados Unidos, chegaram a alcançar uma fama mais do que simplesmente passageira no circuito dos velhos teatros Pantages e Orpheum. Na opinião de muita gente, poderiam ter continuado sua carreira artística por bastante mais tempo do que fizeram. Todavia, Bessie tinha idéias próprias sobre o assunto. Ela sempre teve uma aptidão especial para antever o futuro: em 1925 já estava chegando ao fim a era dos dois shows de vaudevile por dia e Bessie, como mãe e como dançarina, se recusava firmemente a entrar no regime de quatro espetáculos diários imposto pelas novas e imensas casas que pipocavam por toda parte combinando cinema e variedades; porém, o que é ainda mais importante, desde os primeiros anos em Dublin, quando sua irmã gêmea morreu de má nutrição galopante nos fundos de um teatro, Bessie adquirira uma atração fatal pela Segurança, em qualquer de suas formas. Seja como for, na primavera de 1925, ao fim de uma série de apresentações algo mornas no Albee, em Brooklyn, com cinco filhos acamados com sarampo nos três quartos modestos que ocupávamos no Hotel Alamac, em Manhattan, perseguida pela idéia de que estava novamente graúda (o que não era verdade, como mais tarde ficou comprovado: Franny e Zooey só foram nascer em 1930 e 1935, respectivamente), Bessie de súbito apelou para um admirador (honesto mas influente), e meu pai arranjou um emprego no que ele invariavelmente definia nos anos seguintes, sem nenhum receio de ser contestado pela família, como os bastidores do rádio comercial. E assim terminou a longa trajetória da dupla Gallagher & Glass. Mas o que eu estou *principalmente* tentando sugerir, da forma mais incisiva possível, é quanto essa curiosa herança teatral e circense tem sido uma realidade quase onipresente e totalmente significativa na vida de todos os sete filhos da família. Os dois mais jovens, como já mencionei, são de fato atores profissionais. Mas não se podem traçar linhas divisórias nítidas *demais* nessa matéria. A mais velha de minhas duas irmãs, a julgar pelas aparências mais óbvias, é uma típica dona de casa norte-americana – três filhos, co-proprietária de uma garagem com dois carros –, mas, em seus momentos de alegria suprema, ela quase literalmente será capaz de arriscar a vida pelo amor à dança; já a vi, para meu horror, lançar-se num sapateado bem razoável (uma mistura de Ned Wayburn com Pat e Marion Rooney) levando ao colo minha sobrinha com cinco dias de vida. Meu falecido irmão Walt, morto num acidente no Japão quando a guerra já acabara (e de quem planejo falar o mínimo possível nesta série de poses, se é que desejo terminá-la), também era um dançarino, talvez dotado de menos espontaneidade do que Boo Boo, mas com qualidades inegáveis de profissional. Seu irmão gêmeo – nosso Waker, o monge, o cartuxo trancafiado – quando menino canonizou por conta própria o W. C. Fields e, emulando esse homem inspirado e turbulento, embora bastante santo, passava os dias fazendo truques de malabarismo com caixas de charutos, dentre muitos outros objetos, até adquirir espetacular proficiência no ramo. (Circula na família o boato de que seu enclausuramento – isto é, sua suspensão das funções de padre secular em Astoria – se deve principalmente à necessidade de livrá-lo da persistente tentação de administrar a comunhão a seus paroquianos de uma distância de meio metro, atirando a hóstia em suas bocas por cima do ombro esquerdo, numa linda trajetória em arco.) Quanto a mim – prefiro deixar Seymour por último –, desnecessário dizer que também danço um pouco. A pedidos, evidentemente. Além disso, caberia mencionar que freqüentemente tenho a sensação de que o bisavô Zozo atua como meu anjo da guarda, conquanto de maneira algo errática; acredito que, misteriosamente, deva a ele o fato de não tropeçar nas minhas calças de palhaço, bufantes mas invisíveis, quando estou passeando pela floresta ou entro na sala de aulas. Talvez ele também seja responsável pela circunstância de que meu nariz de cera ocasionalmente aponta para leste quando eu sento diante da máquina de escrever.

E nem mesmo Seymour viveu ou morreu, tanto quanto todos nós, a salvo dessa herança. Como já disse antes, embora creia que seus poemas não possam ser mais pessoais ou revelá-lo de modo mais completo, Seymour atravessa toda a sua poesia, até mesmo quando a Musa da Alegria Absoluta está trepada em suas costas, sem deixar cair um único dado realmente autobiográfico. Coisa que a meu juízo, malgrado possa contrariar a opinião de muita gente, constitui nada menos do que um vaudevile literário de alta categoria – normalmente o primeiro ato do espetáculo, um homem que equilibra palavras, emoções e um trompete dourado no queixo em vez da tradicional bengala, mesa cromada e taça de champanhe cheia d'água. Mas tenho algo muito mais explícito e importante para lhe contar. A bem dizer, estava ansioso por fazê-lo. Em Brisbane, nos idos de 1922, quando eu e o Seymour tínhamos respectivamente três e cinco anos, Les e Bessie participaram por duas semanas de um programa em que também se exibia Joe Jackson – o fabuloso Joe Jackson com sua bicicleta niquelada que brilhava mais do que platina até a última fila da platéia. Décadas depois, já iniciada a Segunda Guerra Mundial, eu e Seymour havíamos acabado de nos mudar para um apartamento pequeno em Nova York e papai – Les, como o chamarei daqui por diante – veio visitar-nos certa noite, voltando de uma roda de carteado. Obviamente, as cartas não lhe haviam sorrido naquela tarde. Seja como for, ele chegou com a firme disposição de nem mesmo tirar o casaco. Mal se sentou, lançou um olhar de reprovação sobre os móveis. Examinou meus dedos para ver se encontrava manchas de nicotina e perguntou ao Seymour quantos cigarros ele vinha fumando por dia. Cismou que havia uma mosca em seu uísque. Por fim, quando a conversa – pelo menos em minha opinião – já tinha chegado ao fundo do poço, ele se levantou de repente para ver de perto uma fotografia em que aparecia com a Bessie e que nós havíamos pouco antes pregado na parede. Ficou olhando-a durante um minuto ou mais; depois se voltou, com uma brusquidão que não pareceria anormal a nenhum membro da família, e perguntou ao Seymour se lembrava o dia em que Joe Jackson o sentara no guidom da bicicleta e dera várias voltas pelo palco. Seymour, afundado numa velha poltrona forrada de veludo, cigarro aceso, vestindo camisa azul, calças cinza e mocassins de bordas amassadas, um corte de gilete no lado do rosto voltado para mim, respondeu gravemente e de pronto, do jeito especial com que sempre respondia às perguntas do Les – como se fossem, acima de quaisquer outras, as que mais gostava de responder no mundo. Disse que não tinha certeza se já descera da linda bicicleta do Joe Jackson. E, afora o enorme valor sentimental que teve para meu pai, essa resposta, em muitos sentidos, era a expressão da verdade, da mais pura verdade.

Pouco mais de dois meses e meio transcorreram desde que escrevi este último parágrafo. Não posso evitar uma pequena careta ao divulgar tal informação, pois pode parecer que tenciono desfiar aqui uma série de confidências, quais sejam a de que sempre uso uma cadeira enquanto escrevo, que tomo mais de trinta xícaras de café durante as Horas de Trabalho, que faço meus próprios móveis nos momentos de lazer; em suma, algo na melhor tradição do homem de letras que discute sem nenhuma relutância com o entrevistador do Suplemento Literário dominical seus hábitos de trabalho, seus passatempos e suas fraquezas humanas mais suscetíveis de publicação. Na verdade, neste momento não tenho o menor desejo de entrar em intimidades. (A bem dizer, estou me policiando cuidadosamente a esta altura. Acho que a narrativa jamais correu tamanho risco de descambar para a informalidade das roupas de baixo.) Anunciei o grande interregno entre os dois parágrafos com vistas a informar o leitor de que acabo de levantar-me da cama, onde passei nove semanas com hepatite aguda. (Você já deve ter entendido o que eu quis dizer com a menção às roupas de baixo. Acontece que a frase anterior foi tirada, quase intacta, de um número de *burlesque*. Primeiro Cômico: "Passei nove semanas na cama com uma tremenda hepatite". Segundo Cômico: "Ah, sortudo! Ouvi dizer que essas hepatites são ótimas de cama." Se esse tipo de piada for meu atestado médico de cura, deixai-me voltar, e rápido, para o Vale dos Enfermos.) Mas, se eu confessar, como por certo devo fazê-lo, que já entrei em forma há quase uma semana e que minhas bochechas já estão devidamente coradas, será que o leitor interpretará de modo errôneo minhas palavras? De um lado, verá ele nisso uma censura discreta por não haver inundado de camélias o quarto do doente? (Aposto que todos ficarão aliviados ao verificar que meu Senso de Humor definha a cada segundo.) Por outro lado, com base no relatório médico, preferirá o leitor acreditar que meu estado de euforia – tão cautelosamente apregoado no início desta narrativa – talvez não passasse de algum distúrbio hepático? A segunda hipótese preocupa-me sobremaneira. Pois o certo é que eu estava genuinamente feliz em trabalhar nesta Apresentação. Malgrado o decúbito dorsal, senti-me ainda milagrosamente feliz ao longo de toda a hepatite. E tenho o prazer de anunciar que, neste exato momento, estou extaticamente feliz. Nem por isso (e estou chegando agora à verdadeira razão pela qual trouxe à baila meu pobre fígado) poderia negar que a doença me causou um efeito terrível. Odeio, de todo o coração, qualquer bordadura dramática, mas acho que necessito de um parágrafo novo para discutir o assunto.

Na primeira noite em que me senti suficientemente sadio e vigoroso para voltar a esta Apresentação, isso na semana passada, descobri que não perdera a inspiração divina mas sim a capacidade de continuar a escrever sobre o Seymour. *Ele crescera demais durante minha ausência.* É quase inacreditável. De um gigante suscetível de análise, como era antes da doença, no curto espaço de nove semanas ele crescera, se transformara no ser humano que conheci mais profundamente em toda a minha vida, na única pessoa que foi sempre grande demais para caber num papel comum de máquina de escrever – ou pelo menos no papel que eu uso. Para ser franco, fui tomado de pânico, e o pânico durou cinco noites consecutivas. Não creio, contudo, que deva carregar nas tintas. Porque, em meio à negrura ambiente, despontou um impressionante raio de luz. Deixe-me dizer-lhe, sem nenhuma pausa, o que fiz hoje de noite que me deixou confiante de que poderei voltar ao trabalho amanhã de noite – maior, mais arrogante, possivelmente mais passível de crítica do que nunca. Há cerca de duas horas li uma velha carta pessoal – ou, mais precisamente, um longo memorando – que foi deixada diante de minha xícara numa manhã de 1940. Apoiada numa metade de *grapefruit*, para ser exato. Daqui a um ou dois minutos tenciono ter o indizível ("prazer" não é a palavra que desejo)... o indizível Reticências de reproduzir aqui na íntegra o longo memorando. (Ah, bem-aventurada hepatite! Não existe doença – ou tristeza, ou até mesmo desastre – que cedo ou tarde não acabe por desabrochar numa flor ou num bom memorando. Só é preciso que se fique atento. Aos onze anos Seymour certa vez disse no ar que a coisa de que mais gostava na Bíblia era a palavra ATENÇÃO!) Antes que volte ao assunto principal, todavia, cumpre suscitar alguns pontos secundários. Talvez não tenha outra oportunidade de fazê-lo.

Parece-me uma séria omissão, mas acredito não ter mencionado que, sempre quando isso era prático e muito freqüentemente quando não era, eu tinha o hábito, ou a compulsão, de testar meus novos contos com o Seymour. Isto é, lê-los para ele em voz alta. Coisa que eu fazia *molto agitato*, seguindo-se um Período de Descanso, claramente indicado, quando ambos se recuperavam. Quero dizer com isso que Seymour sempre evitava fazer qualquer comentário tão logo eu parava de ler. Pelo contrário, costumava ficar olhando para o teto por uns cinco ou dez minutos – ele invariavelmente se espichava no chão durante as Sessões de Leitura –, até que se levantava, vez por outra batendo de leve um pé que ficara dormente, e saía da sala. Mais tarde – quase sempre algumas horas depois, mas numa ou duas ocasiões dias depois –, ele escrevia algumas palavras num pedaço de papel ou qualquer material disponível que deixava em cima de minha cama, em meu lugar à mesa ou mesmo (muito raramente) enviava pelo correio. Eis aqui alguns de seus comentários mais breves. (Só para esquentar, francamente. Acho que não adianta negar, embora talvez devesse fazê-lo.)

*Horroroso mas correto. Uma Cabeça de Medusa honesta.*

*Quisera saber. A mulher está bem, mas o pintor parece lembrar seu amigo, aquele que pintou o retrato de Anna Karenina na Itália. O que constitui excelente parecença, da melhor espécie, porém você tem seus próprios pintores raivosos.*

*Acho que você vai ter de refazê-lo, Buddy. O Doutor está ótimo, mas acho que você só começa a gostar dele tarde demais. Ele passa toda a primeira parte no sereno, esperando que você resolva gostar dele, e afinal de contas trata-se de seu personagem principal. Você vê o diálogo dele com a enfermeira como uma conversão. Devia ser uma história religiosa, porém termina sendo puritana. Sinto que você o censura por todos os "que se dane". Acho isso errado. Quando ele, Les ou qualquer outra pessoa diz "que se dane" para tudo, não será isso simplesmente uma forma inferior de oração? Não consigo acreditar que Deus reconheça qualquer tipo de blasfêmia. Essa é uma palavra medrosa, inventada pelo clero.*

*Me desculpe sobre este conto. Não estava ouvindo direito. Me desculpe. Saí da pista logo na primeira frase: "Henshaw acordou naquela manhã com uma dor de cabeça de rachar". Confio muito em que você acabará com todos os falsos Henshaws literários. Realmente não existe nenhum Henshaw. Você se incomoda de me reler o conto?*

*Por favor, faça as pazes com seu senso de humor. Ele não vai desaparecer, Buddy. Jogá-lo fora por conta própria seria tão errado quanto jogar fora seus adjetivos e advérbios só porque o Professor B. assim o recomenda. O que é que ele entende disso? E o que é que você de fato sabe sobre seu senso de humor?*

*Já rasguei vários bilhetes. Todos eles começavam mais ou menos na base do "Este está muito bem construído", e "A mulher na traseira do caminhão está muito engraçada", ou "A conversa entre os dois policiais está fabulosa". Obviamente eu estava embromando, mas nem sei por quê. Comecei a ficar meio nervoso logo que você iniciou a leitura. Parecia o começo de algo que seu arquiinimigo, Bob B., costuma chamar um conto bem-sucedido. Você não acha que ele consideraria o conto um passo no caminho certo? Isso não te preocupa? Até mesmo o que há de engraçado no incidente da mulher na traseira do caminhão não soa como algo que você costuma achar engraçado. Parece muito mais alguma coisa que você imagina ser universalmente considerada como bastante engraçada. Sinto-me logrado. Será que você vai se aborrecer com o que eu estou dizendo? Você pode achar que o fato de sermos irmãos prejudica meu julgamento. Já me preocupo suficientemente com isso. Mas também sou apenas um leitor. Você é um escritor ou simplesmente um escritor de contos bem-sucedidos? Fico chateado em receber, de você, um conto bem-sucedido. De você eu quero as jóias da coroa.*

*Não consigo tirar este último conto da cabeça. Não sei o que dizer sobre ele. Reconheço que foram grandes os riscos de cair no sentimentalismo. Você escapou bem. Talvez bem demais. Vai ver eu gostaria que você tivesse derrapado aqui e ali. Posso te contar uma história? Era uma vez um grande crítico musical, renomada autoridade em Wolfgang Amadeus Mozart. Sua filha freqüentava a Escola Pública nº 9, onde fazia parte do Clube da Canção. Certo dia, o grande amante da música ficou extremamente contrariado quando a filha chegou em casa com uma coleguinha para ensaiar um pot-pourri de músicas de Irving Berlin, Harold Arlen, Jerome Kern e outros compositores do gênero. Por que haveriam as crianças de cantar semelhante "droga", e não um simples e encantador Lieder de Schubert? Resolveu procurar o diretor da escola e lá armou um escarcéu em torno do assunto. O diretor ficou impressionado com os argumentos de personalidade tão ilustre e concordou em dar um bom aperto na velhinha que lecionava Apreciação Musical. O grande amante da música saiu feliz do encontro. A caminho de casa, recapitulou os brilhantes argumentos que alinhara no gabinete do diretor, com o que seu júbilo cresceu ainda mais. Seu peito se expandiu, apertou o passo. Começou a assobiar uma melodiazinha. A canção: K-K-K-Katy.*

Passemos enfim ao memorando. Apresentado com grande orgulho e resignação. Orgulho porque... bem, esta eu deixo passar. Resignação porque alguns de meus colegas de magistério podem estar ouvindo – todos eles veteranos mestres da ironia – e tenho a ligeira impressão de que a peça a ser aqui inserida cedo ou tarde será conhecida como "Antiga Receita Médica para Escritores, Irmãos e Convalescentes de Hepatite que Perderam o Rumo e Não Sabem como Prosseguir". (Ai, ai. Ninguém melhor do que um ironista para conhecer outro ironista. Além disso, neste caso específico sinto-me estranhamente protegido contra qualquer golpe de punhal.)

Em primeiro lugar, acho que esse foi o mais longo comentário crítico de Seymour sobre qualquer de meus Esforços Literários – e, incidentalmente, talvez o mais longo comunicado por escrito com que ele jamais me brindou. (Era raro nos correspondermos, mesmo durante a guerra.) Foi escrito a lápis, em várias folhas de papel de carta que minha mãe, anos antes, afanara no Hotel Bismarck, em Chicago. Seymour estava reagindo àquela que era sem dúvida a mais ambiciosa peça literária que eu escrevera até então. Transcorria o ano de 1940 e ambos vivíamos ainda no superpovoado apartamento de meus pais, no East Side. Eu tinha 21 anos e era tão desligado quanto, digamos, pode ser um jovem e imaturo escritor ainda inédito. Seymour tinha 23 anos e iniciava seu quinto ano como professor de literatura inglesa numa universidade de Nova York. Aqui vai, pois, *in totum*. (Posso prever alguns momentos de embaraço para o leitor melindroso, mas o Pior, creio eu, terá passado com a saudação. Entretanto, se a saudação não me causa *nenhum* embaraço especial, não sei por que iria deixar sem jeito qualquer outro ser vivo.)

*Meu querido Tigre Adormecido,*

*Duvido que muitos leitores já tiveram em mãos um manuscrito enquanto seu autor ressonava no mesmo quarto. Este conto eu fazia questão de ler, eu próprio. Dessa vez quase não pude suportar sua voz. Acho que sua prosa já é suficientemente teatral, os personagens não resistiriam a muito mais. Tenho tanta coisa para te dizer e não sei por onde começar.*

*Hoje de tarde escrevi uma carta inteira ao chefe do Departamento de Literatura, logo quem, num estilo que tinha muito de você. Fiquei tão satisfeito que pensei em te contar. Tratava-se de uma bela carta. Me senti como numa tarde de sábado, na primavera passada, quando fui ver* A flauta mágica *com Carl, Amy e uma garota estranhíssima que me arranjaram como companhia: não te disse nada, mas estava usando sua intocável gravata verde.* [Referia-se aqui a uma das quatro gravatas caríssimas que eu havia comprado naquela época. Eu proibira todos os meus irmãos – e especialmente o Seymour, que tinha acesso mais fácil a elas – de se aproximarem da gaveta onde eu as guardava. Mantinha as gravatas, só em parte como piada, cuidadosamente envoltas em papel celofane.] *Não me senti culpado por usá-la, mas confesso que fiquei com um medão danado de que você de repente entrasse no palco e me visse sentado lá, no escuro, com a gravata no pescoço. Com a carta foi um pouquinho diferente. Ocorreu-me que, se os papéis se invertessem, se você descobrisse que estava escrevendo uma carta no meu estilo, isso ia te chatear. No meu caso, praticamente nem pensei no que estava acontecendo. Uma das poucas coisas no mundo, afora o próprio mundo, que ainda conseguem me entristecer é a impressão de que você se aborrece quando a Boo Boo ou o Walt dizem que está falando alguma coisa como eu falaria. Você parece tomar isso como uma acusação de plágio, uma censura à sua individualidade. O quê que há de errado se às vezes um de nós fala como o outro? A membrana que nos separa é tão fina! Será tão importante que cada um de nós jamais se esqueça quem é quem? Há dois anos, quando passei aquele tempo todo fora durante o verão, consegui saber que eu, você e o Z. somos irmãos há pelo menos quatro encarnações, talvez mais. Você não vê nenhuma beleza nisso? Não será que, para nós, a individualidade de cada um começa justo no ponto em que reconhecemos quão extraordinariamente profundos são os nossos vínculos e aceitamos a inevitabilidade de tomar emprestado as piadas, os talentos e as besteiras uns dos outros? Você terá notado que não incluí gravatas nesta lista. Considero as gravatas do Buddy como pertencentes ao Buddy, mas é um prazer tomá-las emprestadas sem autorização.*

*Deve ser horrível para você pensar que, além do seu conto, eu possa estar preocupado com gravatas e outros troços assim. Mas não é verdade. Só estou catando meus pensamentos por toda parte. Imaginei que essas coisas triviais me ajudariam a organizar as idéias. Já é dia lá fora e estou sentado aqui desde que você foi dormir. Como me sinto feliz em ser seu primeiro leitor. A felicidade seria completa se não achasse que você dá mais valor à minha opinião do que à sua própria. Realmente não me parece certo que você atribua tanta importância ao meu julgamento de seus contos. Isto é, de você. Você talvez consiga novamente convencer-me do contrário, porém estou seguro de que devo ter feito algo de muito errado para que isso acontecesse. Não estou propriamente me afogando em sentimento de culpa neste justo instante, mas culpa é culpa. Não vai embora. Não pode ser anulada. E nem pode ser totalmente compreendida, disso não tenho dúvida – suas raízes penetram fundo demais no karma de cada um. Talvez a única coisa que me salva quando começo a me sentir desse jeito é a idéia de que a culpa constitui uma forma imperfeita de conhecimento. Só porque é imperfeita não quer dizer que não possa ser usada. O difícil é lhe dar uso prático antes que ela paralise a gente. Por isso vou escrever o que penso sobre este conto o mais depressa possível. Se eu correr, tenho a forte impressão de que minha culpa servirá aqui aos melhores e mais genuínos propósitos. Realmente acredito nisso. Se andar depressa agora talvez consiga te dizer o que venho desejando dizer faz anos.*

*Você próprio deve saber que este conto está cheio de grandes saltos. De pulos. Logo que você se deitou, pensei que devia acordar todo mundo na casa e fazer uma festa em homenagem a nosso maravilhoso irmão saltador. Quem sou eu, que não acordei todo mundo? Quisera saber. Uma pessoa eternamente preocupada, na melhor das hipóteses. Me preocupo com os saltos enormes que posso acompanhar com os olhos. Acho que tenho medo de que você, num gesto de audácia, dê um pulo tão grande que escape de meu raio de visão. Me desculpe. Estou escrevendo muito depressa agora. Acho que este era o conto que você estava esperando. E eu também, de certo modo. Você sabe que o que está me mantendo acordado é principalmente orgulho. Acho que essa é minha maior preocupação. Para seu próprio bem, não me faça orgulhoso de você. Acho que é justamente isso que estou tentando dizer. Que pelo menos você nunca mais me faça ficar acordado por puro orgulho. Dê-me um conto que apenas me faça ficar imoderadamente alerta. Que me deixe desperto até as cinco só porque todas as suas estrelas estão brilhando, e por nenhuma outra razão. Desculpe ter sublinhado a frase, mas essa é a primeira coisa que eu já disse sobre um conto seu que me faz ficar balançando a cabeça para cima e para baixo. Por favor, não me deixe dizer mais nada. Acho que, depois de implorar a um escritor que deixe todas as suas estrelas brilharem, tudo o mais que se possa dizer não passa de conselhos literários. Estou convencido, neste momento, de que todo "bom" conselho literário nada mais é que Louis Bouilhet e Max Du Camp insistindo com Flaubert para que ele escrevesse* Madame Bovary. *Muito bem, os dois, com admirável bom gosto, fizeram-no escrever uma obra-prima. E destruíram para sempre sua chance de escrever o que o coração mandava. Ao morrer, Flaubert se tornara uma celebridade, a única coisa que jamais foi. Não suporto ler as cartas dele, são tão melhores do que deviam ser. Elas mostram quanto talento se perdeu, se jogou fora, e por isso me deixam triste. Meu querido Buddy, hoje à noite só tenho coragem de te dizer as coisas mais banais. Por favor, ganhando ou perdendo, faça o que o seu coração pedir. Você ficou tão danado comigo quando fomos nos alistar.* [Uma semana antes, ele, eu e vários milhões de jovens norte-americanos havíamos acorrido às escolas públicas mais próximas para nos alistarmos no Exército. Surpreendi o Seymour rindo de algo que eu escrevera na minha folha de inscrição. Negou-se, ao longo de todo o caminho de volta para casa, a revelar a causa do riso. Como qualquer um na família pode testemunhar, ele era capaz de se mostrar inflexível quando a ocasião lhe parecia propícia.] *Sabe do que eu estava rindo? Você escreveu que era escritor por profissão. Trata-se do mais lindo eufemismo que jamais ouvi. Quando é que escrever, para você, foi uma profissão? Nunca foi outra coisa senão sua religião. Nunca. Estou algo superexcitado agora. E, já que é sua religião, sabe o que vão te perguntar quando você morrer? Mas deixe que eu diga antes o que não vão te perguntar. Não vão perguntar se você estava trabalhando numa obra maravilhosa e comovente quando morreu. Não vão perguntar se era curta ou longa, triste ou alegre, publicada ou inédita. Não vão perguntar se você estava escrevendo bem ou mal. Não vão nem mesmo perguntar se essa era a obra que você teria escolhido para escrever caso soubesse que sua hora chegaria tão logo a terminasse – acho que só vão perguntar isso ao pobre do Sören K. Tenho a mais absoluta certeza de que só vão te fazer duas perguntas. A maior parte das suas estrelas estava brilhando? Você estava escrevendo direto do coração? Se você ao menos soubesse como te seria fácil responder sim às duas perguntas! Basta que se lembre, ao sentar para escrever, de que você foi um leitor muito antes de se tornar um escritor. Simplesmente tome consciência disso, sente-se bem quieto por alguns instantes e pergunte a você mesmo, como leitor, qual a obra literária que o Buddy Glass mais gostaria de ler caso seu coração pudesse escolher. O próximo passo é terrível, mas tão simples que eu mal posso acreditar no que vou dizer. Trate apenas, desavergonhadamente, de escrevê-la você próprio. Não vou nem sublinhar o troço, é importante demais para isso. Tenha a coragem de fazê-lo, Buddy! Confie no seu coração. Você é um artesão de qualidade, o coração nunca irá te trair. Boa noite. Estou me sentindo superexcitado demais agora, e um pouquinho dramático, porém acho que daria quase tudo no mundo para vê-lo escrever alguma coisa, um conto, um poema, uma árvore, que fluísse diretamente do seu coração. Está passando* Bank Dink *no Thalia. Vamos levar a turma toda lá amanhã de noite, está bem? Com todo amor, S.*

Aqui fala outra vez Buddy Glass. (Buddy Glass, naturalmente, é apenas meu pseudônimo literário. Meu nome *verdadeiro* é Major George Fielding Anticlímax.) Também estou me sentindo superexcitado e um pouquinho dramático; se não sofreasse meus impulsos, estaria literalmente fazendo promessas estreladas ao leitor para o encontro que teremos amanhã de noite. Mas acho que, se for inteligente, tratarei de escovar os dentes e correr para a cama. Se foi difícil ler o longo memorando de meu irmão, batê-lo a máquina para meus amigos, cumpre confessar, foi positivamente esgotante. Neste momento, mal consigo erguer do chão o belo firmamento que ele me ofertou com seus votos de pronta recuperação da hepatite e da crise de pusilanimidade.

Entretanto, seria temerário demais dizer ao leitor o que pretendo fazer a partir da noite de amanhã? Há dez anos ou mais sonho com a idéia de que alguém me pedirá para descrever fisicamente meu irmão, alguém sem nenhuma preferência especial por respostas breves e *incisivas* a perguntas diretas. Em suma, a peça literária, a "alguma coisa", que meu coração reclama, tal como me foi recomendado, é uma descrição física completa do Seymour, escrita por alguém que não tem a menor pressa em concluí-la – ou seja, desavergonhadamente, eu próprio.

*Aparas de seu cabelo voando no salão do barbeiro.* Hoje é a Noite de Amanhã, e cá estou, escusado dizer, usando meu traje a rigor. *Aparas de seu cabelo voando no salão do barbeiro.* Deus meu, será essa a minha primeira frase? Será que estou ameacado por uma avalanche de banalidades? Talvez. Prefiro crer que não, mas tudo é possível. Se eu me esforçar para ser Seletivo na descrição, sofro uma recaída antes mesmo de começar. Não consigo catalogar e sistematizar em se tratando dele. Resta-me a esperança de que *algumas* coisas serão produzidas aqui com razoável dose de sensibilidade; porém, por uma vez na vida não poderei peneirar cada frase sob risco de me atolar de novo. Seu cabelo voando no salão do barbeiro é, sem sombra de dúvida, a primeira coisa urgente que me vem à cabeça. Costumávamos ir cortar o cabelo de dois em dois programas (isto é, a cada duas semanas), na saída da escola. O salão ficava na esquina da rua 108 com a Broadway, verdejantemente aninhado (pare com isso, já, já) entre um restaurante chinês e uma mercearia judaica. Caso tivéssemos esquecido de almoçar – ou, mais provavelmente, tivéssemos *perdido* nossas merendas –, às vezes comprávamos uns quinze centavos de picles e salame em fatias e os comíamos sentados nas cadeiras, ao menos até que o cabelo começasse a cair. Os barbeiros se chamavam Mario e Victor. Passados tantos anos, provavelmente já morreram de uma overdose de alho, como costumam perecer todos os barbeiros de Nova York. (Está bem, *pare com isso.* Trate de cortar as divagações pela raiz.) Sentávamo-nos lado a lado e, quando Mario ia tirar meu avental para sacudi-lo, sempre, sem uma única exceção, nele havia mais aparas do cabelo do Seymour que do meu próprio cabelo. Poucas coisas na vida, antes ou depois, me irritaram tanto. Só uma vez reclamei do troço, e foi um erro colossal. Disse algo, num tom de voz decididamente desagradável acerca da "droga do cabelo" dele que ia sempre parar em cima de mim. Arrependi-me um segundo após ter falado, mas já era tarde. Ele não disse nada, mas imediatamente começou a se *preocupar* com a coisa. Foi piorando à medida que caminhávamos para casa, atravessando as ruas em silêncio; ele evidentemente estava procurando adivinhar um modo de proibir seus cabelos de caírem sobre o irmão na barbearia. A reta de chegada da rua 110, o longo quarteirão que vai da Broadway até nosso edifício, na esquina do Riverside Drive, foi o pior. Ninguém na família tinha igual capacidade de se preocupar tão resolutamente quanto o Seymour naquele trecho de rua, desde que lhe fosse dado um motivo minimamente decente. O que chega por uma noite. Estou exausto. Só mais uma coisinha. O que é que quero de uma descrição física do Seymour? Ou melhor, o que eu quero que ela faça? Evidentemente, quero que seja publicada, que saia na revista. Mas não é só isso – eu *sempre* quero publicar o que escrevo. O problema está mais na *maneira* pela qual desejo encaminhá-la à revista. Acho que sei. Tenho a certeza de que sei, e muito bem. Quero que ela chegue lá sem que eu precise usar selos e um envelope de papel pardo. Se for uma descrição fiel, basta que lhe dê dinheiro para a passagem de trem, e talvez um sanduíche e uma garrafa térmica com café, nada mais. Os outros passageiros terão de se afastar um pouco dela, como se estivesse ligeiramente inebriada. Ah, é exatamente isso que eu estava pensando! *Que ele apareça ligeiramente inebriado.* Mas inebriado como? Inebriado, creio eu, como alguém que você ama chegando à varanda, sorrindo sem parar depois de ter ganhado uma partida dura de tênis, e perguntando se você viu aquela última jogada que ele fez. Sim. *Oui.*

Outra noite. Lembre que isso é para ser lido. Diga ao leitor onde é que você está. Seja sociável, *a gente nunca sabe...* Perfeitamente. Estou no jardim-de-inverno e acabei de pedir meu cálice de Porto, que será trazido a qualquer momento pelo velho mordomo, um camundongo gordo e lustroso, excepcionalmente inteligente, que come tudo o que encontra pela frente, exceto os exames que trago para corrigir em casa.

Vou retornar ao cabelo do Seymour, pois já está na página. Até os dezenove anos – quando começou a cair, e aos montes – seu cabelo era negro e cerdoso. Quase pixaim. Mas não, se fosse eu não teria nenhuma dúvida em dizer. Era o tipo de cabelo que dava vontade de puxar, e disso não escapava: as crianças da família automaticamente avançavam para seu cabelo, antes mesmo de tentar agarrar o nariz, que, Deus o sabe, também era Digno de Nota. Porém, uma coisa de cada vez. Um jovem muito hirsuto desde a adolescência. Os irmãos, em especial os meninos, os muitos meninos pré-pubescentes que pareciam povoar eternamente nossa casa, tinham verdadeira fascinação por suas mãos e seus pulsos. Meu irmão Walt, por volta dos onze anos, não podia ver os pulsos do Seymour sem convidá-lo a tirar o suéter. "Tira o suéter, ei, Seymour. Vamos, tira. Tá *quente* aqui dentro." Seymour sorria de volta, reluzia de volta. Ele adorava esse tipo de brincadeira dos meninos. Eu também gostava, mas não todo dia. Ele gostava sempre. Além disso, ele vibrava quando qualquer dos garotos lhe dirigia algum comentário revelador de pouco tato, para não dizer grosseiro mesmo. Atualmente, em 1959, quando vez por outra recebo alguma notícia irritante sobre o que andam fazendo meu irmão e irmã menores, penso na alegria imensa que deram ao Seymour. Relembro Franny, aos quatro anos, sentada em seu colo, olhar fixamente para ele e dizer, com ilimitada admiração: "Seymour, teus dentes são tão bonitos e *amarelos*!". Ele praticamente cambaleou até perto de mim para perguntar se eu ouvira o que ela havia dito.

Algo que disse no último parágrafo me faz parar de estalo. Por que só de vez em quando eu gostava das brincadeiras das crianças? Sem dúvida porque havia uma boa dose de malícia quando eu era o objeto das brincadeiras. É muito provável que eu fizesse por merecer isso. Será que o leitor tem alguma idéia do que seja viver numa família tão numerosa? Ou, o que é mais importante, até que ponto estará o leitor interessado neste tipo de informação, partida de mim? Preciso dizer pelo menos isso: se você é um dos irmãos mais velhos numa família numerosa (sobretudo quando existe, como era o caso entre Seymour e Franny, uma diferença de idade de quase dezoito anos) e assume, ou por descuido deixa que lhe atribuam, o papel de tutor ou mentor doméstico, então é quase impossível não se tornar também um bedel. Mas até mesmo os bedéis vêm em formas, tamanhos e cores diferentes. Por exemplo, quando o Seymour dizia a um dos gêmeos, ou ao Zooey, ou à Franny, ou até mesmo à Madame Boo Boo (que era só dois anos mais moça do que eu e freqüentemente se passava por Grande Senhora) para tirar as galochas antes de entrar no apartamento, todos sabiam que ele estava simplesmente dizendo que, se não as tirassem, o chão ficaria todo enlameado e mamãe é que teria de limpar a sujeira. Mas, quando *eu* lhes falava para tirarem as galochas, sabiam que eu queria dizer que quem não tira as galochas antes de entrar em casa é um porcalhão. Isso, evidentemente, teria de se refletir na maneira como eles faziam das suas comigo ou com o Seymour. Este é o tipo de confissão, lamento saber, que cheira a Hipocrisia, porém como evitá-lo? Então terei de me calar toda vez que corro o risco de parecer falsamente honesto? Será que não posso confiar em que o leitor saiba que eu não iria me depreciar – no caso, enfatizar minha pouca capacidade de liderança – se não estivesse certo de que era muito mais do que apenas tolerado naquela casa? Será que ajuda se eu repetir minha idade? Tenho quarenta anos – como bem o demonstram os cabelos grisalhos, a flacidez no traseiro e uma barriguinha de razoáveis dimensões – e, espero, a necessária resignação para aceitar o fato de que este ano não vou entrar para o time de basquete do colégio, ou de que minha continência não mais seja suficientemente garbosa a ponto de justificar meu ingresso na escola de oficiais. Além disso, provavelmente nunca uma passagem confessional foi escrita sem que nela estivesse refletido o orgulho do escritor em ter aberto mão de seu orgulho. Confrontado com alguém que se confessa em público, o que há a fazer, sempre, é descobrir o que ele *não* está confessando. Em certa fase da vida (geralmente, é pena dizer, uma fase *favorável*), um homem de repente pode se sentir Capaz de Admitir que colou nos exames finais da universidade, ou mesmo preferir revelar que foi sexualmente impotente entre os 22 e 24 anos, mas tais confissões, por corajosas que sejam, não constituem suficiente garantia de que se venha a saber que um dia ele ficou com raiva de seu *hamster* de estimação e lhe esmagou a cabeça com uma pisada. Sinto muito insistir nisso, mas creio que estou lidando aqui com uma preocupação legítima. Venho escrevendo sobre a única pessoa que jamais conheci que, segundo meus próprios padrões, considerei realmente grande, e a única pessoa de dimensões consideráveis que nunca me fez suspeitar, por um momento sequer, que escondesse no fundo de algum baú toda uma série de pequenas, desprezíveis e enfadonhas vaidades. A simples idéia de que possa estar competindo com ele aqui em popularidade me parece horrível – na verdade, sinistra. Você me perdoará, talvez, se disser que nem todos os leitores têm os mesmos dons de leitura. (Quando Seymour tinha 21 anos e já ensinava literatura havia dois anos, perguntei-lhe se existia algo de deprimente no ofício de professor. Respondeu que nada chegava realmente a *deprimi-lo*, mas uma coisa o apavorava: ler as anotações a lápis nas margens dos livros da biblioteca da universidade.) Vou terminar com isto. Nem todos os leitores, repito, têm igual capacidade de discriminação, e já me foi dito – os críticos nos dizem *tudo*, a começar pelo pior – que meus escritos têm muitos encantos superficiais. Temo muito que exista um tipo de leitor capaz de achar que já foi uma vitória de minha parte viver até os quarenta anos; isto é, ao contrário de Outra Pessoa nestas páginas, não ter sido suficientemente "egoísta" a ponto de suicidar-me e deixar minha Adorável Família na pior. (Disse que ia acabar com isto, mas estou vendo que é impossível. Não porque eu não tenha suficiente força de vontade, e sim porque, para terminar direito, eu teria de invocar – Deus meu, *invocar* – os pormenores de seu suicídio, coisa que não espero estar preparado para fazer, no ritmo que venho seguindo, por muitos anos ainda.)

No entanto, antes de ir dormir, vou lhe dizer algo que me parece altamente pertinente. E ficaria grato se todo mundo fizesse o maior esforço para não considerar o que direi uma reflexão feita a *posteriori*. Posso lhe oferecer um motivo, perfeitamente suscetível de exame, pelo qual o fato de ter quarenta anos no momento em que escrevo constitui uma monstruosa vantagem-desvantagem. Seymour morreu aos trinta e um. Até mesmo trazê-lo a essa idade tão pouco venerável vai me tomar muitos e muitos meses na batida atual, quem sabe muitos anos. Por agora, você o verá quase exclusivamente como criança e jovem (nunca, assim espero fervorosamente, como *rapazola*). Sempre que eu o acompanhar na página, também serei criança ou jovem. Mas estarei todo o tempo consciente – tanto quanto o leitor, penso eu, embora com muito menos facciosismo – de que é um homem já entrando na meia-idade, com a indefectível barriguinha, que está comandando o espetáculo. Na minha opinião, isso não é mais melancólico do que a maioria das realidades sobre a vida e a morte, porém também não o é menos. Você tem de aceitar apenas minha palavra, mas devo lhe dizer que sei, se é que sei alguma coisa, que, caso as posições se invertessem e o Seymour estivesse em meu lugar, ele ficaria tão afetado – tão chocado, em verdade – por sua superioridade, em anos e em poder decisório como narrador, que de pronto abandonaria o projeto. Obviamente não direi mais nada sobre o assunto, porém estou feliz de que tenha sido suscitado. É a verdade. Por favor, não se contente em vê-la: é preciso senti-la.

Afinal, não vou dormir. Alguém aqui assassinou o sono. Sorte dele.

Voz aguda e desagradável (não a de qualquer um de meus leitores): Você disse que ia Descrever seu irmão. Ninguém está interessado nessa droga dessa análise toda, nesse troço pegajoso.

Mas eu estou. Quero todo esse troço pegajoso. Sem dúvida, até que poderia dispensar uma parte da *análise*, mas quero esse troço pegajoso inteirinho. Se tenho alguma chance de seguir em frente, será por causa desse troço pegajoso.

Acho que posso descrever o rosto dele, seu jeito – a coisa toda – em qualquer momento de sua vida (excetuados os anos que passou no exterior) e obter um bom retrato. Fora com os eufemismos: a imagem perfeita. (Onde e quando, se continuar assim, terei de revelar ao leitor que alguns de nós na família possuímos uma memória fenomenal? Seymour, Zooey, eu próprio. Não poderei evitá-lo indefinidamente, mas quão feio ficará em letra de fôrma?) Seria muitíssimo útil se alguma boa alma me mandasse um telegrama indicando com precisão qual o Seymour que desejava ver descrito. Se tenho apenas de descrever o *Seymour*, qualquer *Seymour*, ocorre-me uma imagem vívida, sem dúvida, mas nela ele aparece simultaneamente aos oito, dezoito e 28 anos, com uma vasta cabeleira e já ficando careca, vestindo um calção de listras vermelhas num campo de férias no verão e uma camisa cáqui bem passada com os galões de terceiro-sargento, sentado na posição de lótus e numa poltrona do balcão do cinema R.K.O. na rua 86. Reconheço o perigo de apresentar esse tipo de retrato e quero evitá-lo. Quando nada, acho que preocuparia o Seymour. É duro quando a gente tem de retratar seu próprio *cher maître*. Creio que ele não se preocuparia tanto se, após consultar devidamente meus instintos, eu decidisse usar uma espécie de Cubismo literário para descrever seu rosto. Aliás, ele não se preocuparia nem um pouco se eu, daqui por diante, só usasse letras minúsculas – caso assim me aconselhassem meus instintos. Eu até que *toparia* introduzir um certo Cubismo nesta altura, mas todos os meus instintos me recomendam adotar uma postura de classe média baixa e lutar contra tal tendência elitista. Talvez o melhor seja mesmo adiar a decisão para amanhã. Boa noite. Boa noite, sr. Cachimbo. Boa noite, Maldita Descrição.

Já que estou tendo alguma dificuldade em falar por mim mesmo, decidi esta manhã, na sala de aulas (para ser sincero, enquanto admirava os incrivelmente bem-torneados empurradores de pedal da srta. Valdemar), que o mais cortês seria oferecer a palavra a um de meus pais. E quem mais apropriado, para começar, do que a Mãe Primordial? Todavia, os riscos são avassaladores. Se os sentimentos não bastam para transformar muita gente em mentirosos, suas abomináveis memórias certamente o fazem. Para Bessie, por exemplo, um dos principais traços do Seymour era sua altura. Ela jamais deixará de visualizá-lo como um texano típico, desses que precisam abaixar a cabeça para entrar em qualquer aposento. Na verdade, ele tinha um metro e setenta e nove – ou seja, estava longe de ser alto à luz dos modernos padrões multivitamínicos. O que, para ele, não tinha a menor importância. A altura não o atraía. Quando os gêmeos passaram de um metro e oitenta e três, cheguei a pensar que ele lhes mandaria um cartão de condolências. Acho que, se ainda estivesse vivo, ele iria rir gostosamente do fato de que Zooey, ator por profissão, acabou sendo o mais baixo dos irmãos. Seymour acreditava piamente que os verdadeiros atores precisam ter um centro de gravidade bem baixo.

Não devia ter dito que ele iria "rir gostosamente". Agora não consigo fazê-lo parar de rir. Ficaria muito feliz se outro escritor mais diligente tomasse meu lugar neste momento. Um de meus primeiros votos ao adotar esta profissão foi abolir os Risos e Sorrisos de meus personagens. Jacqueline sorriu. Bruce Browning, grande e indolente, riu com escárnio. Um sorriso juvenil iluminou as rudes feições do capitão Mittagessen. Mas não vejo como escapar agora. Para me livrar logo do pior: acho que ele tinha um riso excelente, especialmente para alguém cujos dentes eram bem ruinzinhos. Fácil mesmo é escrever sobre a mecânica de seu riso, que geralmente avançava ou recuava quando todo o resto do tráfego facial no aposento estava parado ou se movia na direção oposta. Seu distribuidor era muito peculiar, mesmo na intimidade da família. Sua expressão podia ser grave, para não dizer fúnebre, na hora de apagar as velas do bolo de aniversário das crianças. Ou então ele poderia parecer positivamente encantado quando um dos meninos lhe mostrava o ombro arranhado num mergulho sob o flutuante. Tecnicamente, creio eu, ele não tinha nenhum sorriso social e, no entanto, parece-me correto (embora talvez um *pouquinho* extravagante) dizer que nada de essencial jamais faltava em seu rosto. O sorriso à custa de um ombro arranhado, por exemplo, era freqüentemente irritante caso o arranhão fosse no *seu* ombro, mas ao mesmo tempo servia como distração na hora em que isso era necessário. Sua seriedade nas festas de aniversário, em qualquer festa, não diminuía o entusiasmo de ninguém – ou quase nunca o fazia, tanto quanto, digamos, suas excessivas demonstrações de bom humor quando era convidado a assistir a uma Primeira Comunhão ou um *Bar Mitzvah*. E não acho que entre aí qualquer dose de favoritismo fraternal. Gente que não o conhecia, ou só o conhecia ligeiramente, talvez apenas como Celebridade Radiofônica Infantil, ativa ou aposentada, às vezes ficava *desconcertada* com alguma expressão sua, ou pela falta de alguma expressão, mas só por um instante, creio eu. E com freqüência, em tais casos, as vítimas sentiam algo agradavelmente próximo da curiosidade – e não, tanto quanto recordo, ressentimento pessoal ou contrariedade. Um dos motivos para tal – certamente o menos complexo – estava em que seu rosto era na essência ingênuo. Mesmo depois de homem-feito (e *aqui*, suponho, entra alguma dose de parcialidade fraternal), acho que ele possuía o único rosto de adulto absolutamente desprotegido de toda a Grande Nova York. Só me lembro de ter visto algum traço de artificialidade em suas expressões quando ele estava distraindo um ou outro parente em visita à nossa casa. Mesmo isso era raro. Em geral, diria, ele era na família o menos propenso à comicidade. O que, note bem, não significa que o senso de humor também não fizesse parte de sua dieta, mas simplesmente lhe cabia, ou ele escolhia, o menor bocado. Quando meu pai não estava em casa, ele se encarregava de dizer as Tradicionais Piadas Familiares, tarefa de que se desincumbia normalmente com bastante galhardia. Para dar um exemplo bem claro do que tenho em mente: quando eu lia em voz alta meus novos contos para ele, era seu costume inabalável, uma vez em cada conto, me interromper em meio a algum diálogo e perguntar se eu sabia que tinha um Ouvido Excelente para os Ritmos e Cadências da Linguagem Coloquial. E se aprazia em fazer sempre a mesma cara de sabichão na hora da pergunta.

O que me ocorre em seguida são as Orelhas. Na verdade, é como se estivesse vendo um filme caseiro: minha irmã Boo Boo aos onze anos levantando-se durante o jantar, movida por insofreável impulso, para voltar um minuto depois e pendurar nas orelhas do Seymour um par de argolas que retirara de algum caderno de folhas soltas. Ela apreciou muito o resultado e Seymour usou os brincos o resto da noite. Muito provavelmente até que suas orelhas sangrassem. Mas não lhe caíam bem. Ele não tinha, sinto dizer, orelhas de pirata, e sim de um velho feiticeiro ou de um velho Buda. Os lóbulos eram carnudos, extremamente longos. Lembro-me de que Frei Waker, metido num hábito preto e quente, perguntou-me faz alguns anos, enquanto eu fazia as palavras cruzadas do *Times*, se eu achava que as orelhas do Seymour eram da dinastia Tang. Na minha opinião, eram ainda mais antigas.

Vou para a cama. Talvez antes tome um último drinque na biblioteca com o coronel Anstruther, porém depois vou dormir. Por que estarei assim tão cansado? Minhas mãos estão úmidas de suor, as entranhas em brasa. O Homem Tranqüilo simplesmente não está em casa.

Exceto pelos olhos e talvez (eu disse *talvez*) pelo nariz, estou tentado a renunciar ao restante de seu rosto. Que se danem os sistemáticos. Não suportaria a acusação de que não deixei *nada* à imaginação do leitor.

Num ou noutro pormenor convenientemente suscetível de descrição, seus olhos pareciam-se com os meus, os de Les e os da Boo Boo, sobretudo porque: a) os olhos dos quatro podem ser modestamente definidos como da cor de rabo de boi extra-escuro, ou Castanhos Judaico-Melancólicos; e b) nós todos éramos chegados às olheiras, as quais, em certos casos, formavam verdadeiras bolsas. Mas aí terminam todas as comparações intrafamiliares. Talvez pareça pouco cortês para com as mulheres do clã, porém minha escolha dos dois "melhores" pares de olhos na família recai sobre Seymour e Zooey.

E, no entanto, cada um desses pares de olhos era inteiramente diferente do outro, residindo na cor a menor das diferenças. Há alguns anos publiquei um conto[9] excepcionalmente Estranho, Memorável, desagradavelmente controvertido e totalmente mal recebido pela crítica, acerca de um menino muito "dotado" que viaja a bordo de um transatlântico, e lá faço uma detalhada descrição de seus olhos. Por feliz coincidência, neste justo instante tenho uma cópia desse conto elegantemente presa por um alfinete à gola de meu robe. Aí vai: "Seus olhos eram castanho-claros, não muito grandes e ligeiramente estrábicos – o esquerdo mais do que o direito. Não eram estrábicos a ponto de o desfigurarem, ou mesmo de serem notados à primeira vista, mas apenas o bastante para serem mencionados. E, mesmo assim, deve-se considerar que dificilmente alguém poderia preferir que fossem mais direitos, ou mais profundos, ou mais escuros, ou mais afastados." (Talvez se imponha uma pequena pausa para retomar o fôlego.) A verdade é que – sem nenhuma gracinha – os olhos do Seymour não eram nem um pouco assim. Seus olhos eram escuros, muito grandes, devidamente espaçados e, sem sombra de dúvida, decididamente não-estrábicos. No entanto, pelo menos dois membros da minha família sabiam, e assim me disseram, que naquele trecho eu estava tentando descrever os olhos dele – e acharam mesmo que, de *certa* forma, o resultado não fora tão mau. O fato é que havia algo que aparecia e desaparecia, como um véu infinitamente tênue sobre seus olhos – só que não era bem um véu, e foi aí que me estrepei. Outro escritor bem-humorado – Schopenhauer – em uma de suas hilariantes obras tenta descrever um par de olhos similar e, alegro-me em dizer, também dá com os burros n'água.

9. O conto se intitula "Teddy" e integra a coletânea *Nove estórias* (Editora do Autor). (N.T.)

Está bem. O Nariz. Fico me dizendo que só vai doer um pouquinho.

Entre 1919 e 1948, se você entrasse numa sala cheia de gente em que eu e o Seymour estivéssemos presentes, talvez houvesse apenas uma maneira, porém absolutamente infalível, de saber que éramos irmãos. E seria graças aos narizes e aos queixos. Os queixos, é óbvio, posso descartar sem maiores delongas pela simples razão de que praticamente não os tínhamos. Mas em matéria de narizes estávamos muitíssimo bem servidos, e eles eram quase idênticos: dois grandes apêndices, carnudos e pendentes – verdadeiras trombas –, que não se pareciam com nenhum outro nariz na família, com a heróica exceção de nosso querido bisavô Zozo, cujo próprio nariz, despencando do alto de um velho daguerreótipo, me assustava consideravelmente quando eu era criança. (A propósito, Seymour, que jamais perpetrava piadas anatômicas, uma vez me surpreendeu ao mencionar que nossos narizes – o seu, o meu e o do Bisavô Zozo – suscitavam problema semelhante ao de certas barbas na hora de dormir, isto é, se deviam ou não ficar sob as cobertas.) Corro o risco, todavia, de parecer demasiadamente *leviano* nessa matéria. Gostaria de deixar bem claro – ofensivamente claro, se necessário – que não se tratava em absoluto de protuberâncias românticas à la Cyrano de Bergerac. (Com o que, no admirável mundo novo da psicanálise, creio estar entrando num terreno dos mais perigosos, já que quase todo mundo sabe a que se deve a loquacidade satírica de Cyrano, conquanto reine um silêncio clínico generalizado com respeito a qualquer narigudo pouco falante.) Acho que a única diferença relevante em largura, comprimento e forma entre nossos narizes estava em que, sinto dizer, o dele tinha uma curvatura conspícua para a direita, um toque extra de assimetria. Seymour sempre desconfiou que, em comparação com o dele, meu nariz era digno de um patrício romano. A "curvatura" fora adquirida quando alguém na família estava treinando sonhadoramente com um bastão de beisebol no hall de nosso velho apartamento no Riverside Drive. E nunca foi reparada depois do acidente.

Viva! Acabei o nariz. Vou direto para a cama.

Ainda não ousei reler o que escrevi até agora; esta noite sinto *muito* forte o terror ocupacional de me ver transformado numa fita usada de máquina de escrever ao soarem as doze badaladas da meia-noite. Mas tenho a impressão de que não venho descrevendo o *Sheik* da Arábia, e até aí tudo bem. Ao mesmo tempo, ninguém deve deduzir, por culpa de minha miserável incompetência e excitação, que S. fosse, na terminologia tão batida, um Homem Feio mas Atraente. (Este rótulo é de qualquer forma muito suspeito, e a ele recorrem com mais freqüência certas mulheres, reais ou imaginárias, para justificar sua atração algo especiosa por alguns homens que compensam em lábia o que lhes falta em atributos físicos.) Ainda que me torne repetitivo – se é que já não o sou –, desejo deixar patente que ambos éramos, cada qual a seu modo, crianças imperdoavelmente "feiosas". Deus meu, como éramos feiosos! E embora eu creia que nossa aparência "melhorou consideravelmente" com a idade, à medida que ficamos com os rostos "mais cheios", devo declarar e reiterar que enquanto meninos, garotos e adolescentes sem dúvida provocamos em muita gente genuinamente sensível um aperto no coração à primeira vista. Estou me referindo, é claro, aos adultos, e não às outras crianças A maioria das crianças não é muito sujeita a apertos no coração – pelo menos não por tais motivos. Por outro lado, as crianças também não são particularmente generosas. Nas festas infantis muitas vezes alguma mãe de mentalidade mais moderna sugeria uma brincadeira de Roda a Garrafa ou de Correio, e eu posso atestar sem titubeios que, durante toda a infância, os dois filhos mais velhos da família Glass foram os destinatários contumazes de sacolas e mais sacolas de cartas não enviadas (a formulação pode ser ilógica, mas nem por isso menos satisfatória), a não ser que o carteiro fosse uma garotinha chamada Charlotte, a Cocote, que era mesmo meio doidivanas. Será que isso nos incomodava? Nos deixava tristes? *Pense bem agora, escritor*. Minha resposta, fruto de longa e cuidadosa reflexão: quase nunca. Em meu caso, por três razões que me vêm logo à mente. Primeiro, exceto numa ou noutra fase mais insegura de minha infância, sempre acreditei – em larga medida graças à insistência do Seymour, mas não só por isso – que eu era um sujeito talentoso e decididamente encantador, de tal modo que qualquer opinião em contrário só podia ser atribuída ao mau gosto de quem assim pensava. Em segundo lugar (se é que você será capaz de engolir essa, o que é pouco provável), antes mesmo de completar cinco anos eu já tinha a mais rósea e mais inabalável convicção de que seria um escritor excepcional quando crescesse. E, por fim, com alguns raros deslizes, nenhum deles de coração, senti-me sempre secretamente feliz e orgulhoso de me parecer com o Seymour. Já com o próprio Seymour, como de hábito, as coisas eram diferentes. Ele alternadamente se importava muito ou não se importava nada com sua feiúra. Quando se importava muito, fazia-o por conta de outras pessoas e em especial, ocorre-me agora, de nossa irmã Boo Boo. Seymour era doido por ela. O que não é dizer muito, pois ele era doido por todo mundo na família e quase todo o resto da humanidade. Porém, como todas as meninas que conheci, Boo Boo passou por uma fase – admiravelmente curta, em seu caso – em que "morria" pelo menos duas vezes ao dia por causa das gafes e *faux pas* dos adultos em geral. No auge dessa fase, o simples fato de uma querida professora de História entrar na sala de aula depois do almoço com um pedacinho de torta no queixo era suficiente para que Boo Boo fenecesse na carteira. Muitas vezes, entretanto, ela chegava em casa morta por razões algo menos triviais, e era então que Seymour se preocupava. Em particular, ele se preocupava, por causa dela, com a possibilidade de que algum adulto, numa festa ou noutra dessas ocasiões, se aproximasse de nós dois para dizer como estávamos bonitinhos naquele dia. Se não isso exatamente, esse *tipo* de coisa costumava acontecer com bastante regularidade, e Boo Boo parecia estar sempre por perto nessas horas, prontinha para morrer.

Talvez eu não esteja dando a devida importância ao risco de me exceder nesse assunto, isto é, na descrição *física* de seu rosto. Estou disposto a admitir uma certa ausência de perfeição absoluta no método empregado. Quem sabe venho mesmo exagerando em toda esta descrição. Afinal de contas, já tratei de quase todos os traços de seu rosto e nem sequer dei uma impressão daquele rosto *em vida*. Só de pensar nisso – para minha surpresa – fico um bocado deprimido. Contudo, apesar do choque, apesar da proximidade do abismo, uma certa convicção que me acompanha desde o início permanece intacta – sã e salva. "Convicção" está longe de ser a palavra adequada. É mais um prêmio pela capacidade de suportar torturas, um certificado de resistência. Eu acho que *sei*, como fruto mesmo de todos os fracassos que acumulei nesses últimos onze anos ao tentar descrevê-lo em letra de fôrma, e o que sei é que jamais conseguirei retratá-lo se eu não for agressivamente explícito. Tem de ser assim. Desde 1948 já escrevi, e teatralmente queimei, pelo menos doze contos ou esboços sobre ele – alguns dos quais, perdoe a indiscrição, bastante bem-apanhados. Mas não eram o Seymour. Basta tentar apresentá-lo em traços menos vívidos, e o troço todo desabrocha numa mentira. Mentira artística, talvez, e até mesmo uma mentira agradável, mas sempre uma mentira.

Acho que devo continuar acordado ainda por uma ou duas horas. Carcereiro! *Não deixe esse homem ir para a cama.*

Mas ele também não era nenhuma gárgula. Suas mãos, por exemplo, eram muito boas. Hesito em dizer bonitas pois não pretendo cair no infame lugar-comum das "belas mãos". As palmas eram largas, o músculo entre o polegar e o indicador inesperadamente bem desenvolvido, "forte" (as aspas são *desnecessárias* – que diabo, fique calmo), e no entanto os dedos eram longos e finos, mais finos até que os de Bessie; os dedos médios pareciam algo que você só ousaria medir com uma fita métrica.

Estou pensando neste último parágrafo. Isto é, na dose de admiração que depositei nele. Até que ponto, me pergunto, pode alguém nos dias de hoje admirar as mãos de um irmão sem que se levantem alguns supercílios modernos? Durante toda a juventude, Padre William, minha heterossexualidade (afora alguns períodos involuntariamente menos movimentados) chegou a ser motivo de comentário entre meus colegas de escola. E todavia, neste justo instante recordo, talvez vividamente demais, que Sofia Tolstoi, numa de suas brigas conjugais sem dúvida bastante justificadas, acusou de tendências homossexuais o pai de seus treze filhos, o homem já idoso que continuava a importuná-la todas as noites. Em geral, considero Sofia Tolstoi uma mulher muito pouco brilhante – além do que, por natureza, me inclino a crer que, onde há fumaça, há geléia de morango, e quase nunca fogo –, mas creio ardentemente que existe uma enorme dose de androginia em qualquer escritor de prosa digno do nome. Acho que, se ele ri à socapa dos escritores que usam saias invisíveis, assim o faz a todo risco.

Nada mais direi sobre o assunto. Este é exatamente o tipo de confidência que pode ser fácil e suculentamente Explorado. É de surpreender que em nossos escritos não sejamos ainda mais covardes do que já somos.

Não posso tratar aqui da voz do Seymour, de seu incrível aparelho vocal. Precisaria de uma sala muito maior a fim de tomar a distância necessária. Direi apenas, por ora, em minha pouco atraente Voz Misteriosa, que a voz dele ao falar era o melhor instrumento musical absolutamente imperfeito que já ouvi por tempo tão longo. Repito, entretanto, que gostaria de deixar para mais tarde uma descrição completa de sua voz.

Sua pele era morena, ou pelo menos tão distante quanto possível do pálido doentio, e extraordinariamente limpa. Ele atravessou a adolescência sem uma espinha, coisa que ao mesmo tempo me intrigava e chateava profundamente, já que comia igual quantidade de coisas compradas em carrocinhas – aquilo que minha mãe costumava chamar de Comida Anti-Higiênica Feita por Gente Suja que nem Lava as Mãos –, bebia ao menos igual volume de refrigerantes e certamente não tomava mais banhos do que eu. A rigor, ele tomava muito menos banhos do que eu. Preocupava-se tanto em fazer com que o resto da turma se banhasse regularmente – sobretudo os gêmeos –, que muitas vezes perdia sua própria vez. O que me traz de volta, muito inoportunamente, ao assunto dos salões de barbeiro. Certa tarde, quando íamos cortar o cabelo, ele me fez parar no meio da avenida Amsterdam e perguntou com toda a seriedade, enquanto carros e caminhões zuniam em torno de nós, se eu me importava muito de ir sozinho. Puxei-o para a calçada (eu gostaria de ter cinco centavos para cada vez que o puxei para alguma calçada, garoto ou homem-feito) e disse que *evidentemente* me importava. Ele cismara que seu pescoço não estava limpo. Queria poupar ao Victor, o barbeiro, o desgosto de ver um pescoço sujo. E *estava* sujo, para dizer a verdade. Essa não foi a primeira nem a última vez em que ele enfiou o dedo na gola da camisa e me pediu para dar uma olhada. Normalmente, essa área estava tão bem policiada quanto deveria estar, porém, quando não estava, não estava mesmo.

Agora realmente tenho de ir para a cama. A Decana do Departamento Feminino, pessoa muito doce, estará aqui de aspirador de pó em riste quando o sol se levantar.

O maldito assunto das roupas tem de entrar aqui de um jeito ou de outro. Como seria maravilhosamente conveniente se os escritores se permitissem descrever as roupas dos personagens peça por peça, dobra por dobra. O que nos impede de fazê-lo? Em parte, a tendência de esnobar o leitor, a quem nunca vimos, ou de lhe conceder o benefício da dúvida – esnobando-o quando não lhe atribuímos o mesmo grau de conhecimento dos homens e das coisas que nós próprios possuímos, concedendo-lhe o benefício da dúvida quando preferimos não acreditar que ele tenha a seu alcance o mesmo volume de informações triviais, a mesma sofisticação, de que nós dispomos. Por exemplo, quando estou no pedicuro e, folheando alguma revista, dou de cara com a fotografia de determinada personalidade nacional em plena ascensão – um artista de cinema, um político, um diretor de universidade recém-empossado – e o sujeito é mostrado em casa com um *beagle* aos pés, um Picasso na parede e ele próprio envergando um daqueles casacos de caça ingleses, eu geralmente faço um afago no cachorro e cumprimento cortesmente o Picasso, mas sou capaz de revelar a maior intolerância quando se trata de julgar tais personalidades com base em seus casacos de caça ingleses. Isto é, se para começar já não simpatizo muito com o indivíduo, então o casaco encerra o caso. Concluo que os horizontes dele estão se ampliando rápido demais para o meu gosto.

Vamos em *frente*. Quando rapazes, eu e S. nos vestíamos pessimamente, cada qual a seu modo. É algo estranho (não muito) que nos vestíssemos *tão* mal, porque em nossos tempos de criança acho que andávamos sempre satisfatoriamente bem-vestidos. Quando iniciamos nossas carreiras como convidados pagos no programa de rádio, Bessie costumava nos levar para comprar roupas na loja De Pinna's, na Quinta Avenida. Ninguém sabe ao certo como ela descobriu tão honrado e tranqüilo estabelecimento. Meu irmão Walt, sempre elegante enquanto viveu, achava que a Bessie simplesmente havia pedido a um policial que lhe indicasse uma boa loja. O que não é tão absurdo, pois Bessie, quando éramos crianças, costumava levar seus mais intrincados problemas àquele que, em Nova York, mais se aproximava de um oráculo druídico – o guarda de trânsito irlandês. De certa maneira, desconfio que a famosa sorte dos irlandeses *terá* influído na descoberta do De Pinna's pela Bessie. Mas não explica tudo, lá isso não. Por exemplo (o que não tem nada a ver com o assunto, porém é gostoso de contar), minha mãe jamais poderia ser definida como uma leitora voraz, por mais lata que seja a acepção do termo. E, no entanto, já a vi entrar numa das livrarias mais bestas da Quinta Avenida a fim de comprar um presente de aniversário para algum de meus primos e sair, emergir, com a edição do *A leste do Sol e a oeste da Lua* ilustrada por Kay Nielsen; e, se você a conhecesse, saberia que ela jamais aceitaria os bons ofícios do mais solícito vendedor. Tratemos, porém, de voltar à nossa aparência quando Rapazes. Começamos a comprar nossas roupas, independentemente da Bessie e um do outro, por volta dos treze ou catorze anos. Sendo o mais velho, Seymour foi o primeiro a se estabelecer por conta própria, porém eu recuperei o tempo perdido quando chegou minha vez. Lembro que, mal completara catorze anos, abandonei sem remorso a Quinta Avenida e parti direto para a Broadway – especificamente para uma loja na altura das ruas 50 onde os vendedores eram mais do que ligeiramente hostis, mas pelo menos sabiam reconhecer um dândi nato à primeira vista. No último ano em que eu e o Seymour estivemos juntos no programa de rádio – 1933 –, eu aparecia toda noite com um casaco tipo jaquetão cinza-claro munido de fartas ombreiras, uma camisa azul-escura de colarinho redondo e a mais limpa de duas gravatas idênticas de algodão amarelo-açafrão que eu reservava para as ocasiões mais formais. Para ser franco, até hoje nunca me senti tão bem vestindo qualquer outra indumentária. (Suponho que nenhum escritor jamais consiga se livrar de suas velhas gravatas amarelo-açafrão. Mais cedo ou mais tarde elas acabam por despontar em sua prosa, e não há nada que ele possa fazer para evitá-lo.) Seymour, por outro lado, escolhia roupas maravilhosamente discretas. O *problema*, todavia, é que nada do que ele comprava – ternos e casacões em especial – cabia nele direito. Desconfio que ele escapava, possivelmente seminu e certamente sem nenhuma marca de giz, tão pronto alguém na loja se aproximava com uma fita métrica. Os paletós ou eram muito largos ou muito apertados. As mangas desciam até o meio do polegar ou, para variar, se detinham à altura dos pulsos. Os fundilhos das calças eram quase sempre o pior. Às vezes eram simplesmente terríveis, como se um traseiro 36 Regular tivesse sido jogado, tal qual uma ervilha num cesto, em calças tamanho 42 Grande. Mas há outros aspectos, ainda mais tenebrosos, a considerar aqui. Tão logo envergava uma peça de vestuário, ele perdia qualquer consciência terrena de sua existência – exceto talvez por uma certa noção vagamente técnica de que não mais estava nu em pêlo. E isso não resultava apenas de alguma antipatia instintiva, ou até mesmo adquirida, para com aquilo que em nosso meio era tido como um Sujeito Elegante. Eu o acompanhei uma ou duas vezes em suas Compras e, relembrando tais ocasiões, acho que ele adquiria as roupas com um certo grau de orgulho – não muito evidente, mas o bastante para me deixar feliz –, como um jovem *brahmacharya*, um noviço hindu, escolhendo sua primeira tanga. Ah, era um negócio muito estranho. Alguma coisa sempre dava errado com as roupas do Seymour no momento exato em que as vestia. Ele podia passar uns bons e normais três ou quatro minutos diante do armário aberto examinando seu cabide de gravatas, mas a gente *sabia* (isto é, quem fosse suficientemente imbecil para ficar por perto olhando) que, no instante em que fizesse a escolha, a gravata estaria condenada a um fim inglório. Ou o laço estava fadado a recusar-se a entrar docilmente no V do colarinho – quase sempre acabava ficando a um dedo do botão –, ou, caso o laço em potencial *resolvesse* escorregar para o lugar devido, uma tira da gravata invariavelmente apareceria sob o colarinho na parte de trás, tal qual a correia de binóculo de um turista. Mas prefiro abandonar assunto tão vasto e difícil. Suas roupas, em suma, freqüentemente levavam a família inteira a um estado bem próximo do desespero. Para ser franco, minha descrição foi muito *perfunctória*. A coisa assumia um número infinito de variações. Talvez baste acrescentar, e logo deixar o assunto cair de vez, que pode ser uma experiência profundamente perturbadora, por exemplo, estar de pé junto a uma das palmeirinhas no saguão do Hotel Biltmore, na hora de maior movimento vespertino num dia de verão, e ver seu senhor suserano subir aos pulos a escadaria principal, obviamente feliz em vê-lo, porém com as escotilhas de baixo abertas, não de todo abotoadas.

Gostaria muito de perseguir esse assunto das escadas por um minuto – persegui-lo às cegas, sem me importar demais com os riscos de um passo em falso. Ele subia aos pulos toda e qualquer escada. Disparava escada acima. Raramente o vi subir de outro modo. O que me traz – pertinentemente, creio eu – ao terreno da força, energia e vitalidade. Não consigo imaginar que exista alguém nos dias de hoje (não consigo *facilmente* imaginar tal coisa) – com a possível exceção de alguns estivadores particularmente inseguros, uns poucos generais e almirantes aposentados e uma porção de garotos preocupados com as dimensões de seus bíceps – capaz de acreditar nas velhas calúnias de Debilidade assacadas contra os poetas. Não obstante, estou pronto a sugerir (sobretudo porque muitos militares e outros machões de hábitos esportivos me incluem entre seus autores preferidos) que uma considerável dose de genuína força física, e não apenas energia nervosa ou um ego de ferro, é essencial para se vencer a última revisão de um poema de primeira qualidade. Infelizmente, é muito comum que um bom poeta se revele um péssimo guardião de seu corpo, mas acho que, de início, geralmente lhe foi confiado um organismo bastante aproveitável. Meu irmão era a pessoa mais incansável que já conheci. (Subitamente fiquei consciente da hora. Ainda não é meia-noite e me veio a idéia de escorregar para o chão e escrever em decúbito dorsal.) Acaba de me ocorrer que nunca vi o Seymour bocejar. Certamente não por razões de etiqueta: lá em casa não havia nenhuma preocupação especial em suprimir os bocejos. Eu bocejava com freqüência, bem sei, e dormia mais do que ele. Seja como for, e digo isso com a necessária ênfase, ambos dormíamos muito pouco desde garotos. Sobretudo durante nossos anos radiofônicos – isto é, todos aqueles anos em que ambos carregávamos sempre pelo menos três cartões de biblioteca no bolso de trás das calças, qual surrados passaportes – eram raras as noites, mesmo havendo escola no dia seguinte, em que a luz de nosso quarto se apagava antes das duas ou três da madrugada, exceto durante o breve e crucial período após o toque de recolher em que o Primeiro-Sargento Bessie empreendia sua ronda geral. Quando estava atrás de alguma coisa, investigando algo, desde os doze anos ele com freqüência passava duas ou três noites em claro, sem nem por isso dar qualquer sinal de desgaste. A falta de sono aparentemente só lhe afetava a circulação: suas mãos e seus pés ficavam frios. Por volta da terceira noite seguida sem dormir, ele costumava parar pelo menos uma vez o que estivesse fazendo para perguntar se eu não estava sentindo uma tremenda corrente de ar. (Ninguém na família, nem mesmo o Seymour, jamais sentiu uma corrente de ar. Só existiam *tremendas* correntes de ar.) Ou se levantava do chão ou da cadeira – onde quer que estivesse lendo, escrevendo ou meditando – para verificar se alguém não tinha esquecido a janela do banheiro aberta. Além de mim, Bessie era a única pessoa na casa capaz de dizer quando o Seymour estava sem dormir havia dias. Bastava observar quantos pares de meia ele estava usando. Depois que passou das calças curtas para as compridas, volta e meia Bessie levantava a bainha para ver se ele estava usando dois pares de meia à prova de correntes de ar.

Hoje eu sou o meu próprio João Pestana. Boa noite! Boa noite a todos vocês, com seu silêncio enfurecedor!

Muita gente de minha idade, que ganha mais ou menos o que eu ganho e escreve sobre seus irmãos mortos na forma encantadora de um semidiário, nem ao menos se dá ao trabalho de mencionar datas ou de nos dizer onde se encontra. Absoluta falta de senso de colaboração. Prometi-me que isso não aconteceria comigo.

Hoje é quinta-feira e estou de novo sentado em minha horrível cadeira.

São quinze para a uma da madrugada e estou sentado aqui desde as dez da noite, tentando, enquanto o Seymour está fisicamente presente na página, encontrar um meio de apresentá-lo como Atleta ou Jogador sem irritar demais todos aqueles que odeiam jogos e esportes. Na verdade, fico triste e desgostoso ao verificar que só consigo fazê-lo começando com uma desculpa. Por mais não fosse, acontece que dentre meus colegas na universidade pelo menos dois estão em vias de se celebrizar como poetas modernos e o terceiro é um crítico literário muito em voga nos círculos acadêmicos do leste do país, figura de relevo entre os especialistas em Melville. Todos os três (eles também gostam um bocado de mim, como você pode imaginar) jogam um pouco para a arquibancada quando, no auge do campeonato de beisebol, fazem questão de serem vistos correndo para a frente da televisão munidos de uma cerveja gelada. Infelizmente, esta pedrinha coberta de hera não chega a ter um efeito muito devastador pelo fato de que a atiro de uma casa inteiramente feita de vidro. Durante toda a minha vida fui um grande fã de beisebol e não duvido de que, dentro do meu crânio, haja uma área tão entulhada de velhos recortes de seções esportivas quanto o chão de uma gaiola. Na verdade (e considero o que vou dizer o máximo em matéria de relações íntimas escritor-leitor), talvez um dos motivos pelos quais participei do programa de rádio durante mais de seis anos consecutivos de minha infância foi que assim podia dizer aos meus Caros Ouvintes como vinham jogando ultimamente os irmãos Waner ou, o que era ainda mais impressionante, quantas vezes Cobb havia "roubado" a terceira base em 1921, quando eu tinha apenas dois anos. Será que este assunto ainda me deixa um pouco nervoso? Será que não fiz as pazes com as tardes de juventude em que escapava da Realidade, pelo Elevado da Terceira Avenida, rumo a meu pequeno útero junto à terceira base do Polo Grounds? Não posso crer que seja isso. Talvez seja, em parte, porque já entrei na casa dos quarenta e acho que é mais do que tempo de os escritores balzaquianos cederem seus lugares nos estádios de beisebol e arenas de touros. Não. Eu sei – meu Deus, eu *sei* – por que hesito tanto em apresentar o Esteta como Atleta. Há anos e anos que não penso nisso, mas eis a resposta: no programa de rádio havia um garoto excepcionalmente inteligente e simpático, chamado Curtis Caufield, que acabou morrendo num dos desembarques da campanha do Pacífico. Certa tarde, Curtis foi comigo e com o Seymour para o Central Park, onde descobri que ele atirava a bola como se tivesse duas mãos esquerdas – em suma, como a maior parte das garotas. E até hoje lembro a cara que o Seymour fez ao ouvir meu riso imbecil de gozação, minha gargalhada asinina. (Como explicar semelhante análise em profundidade? Será que me passei para o Inimigo? Deverei abrir um consultório?)

Chega disto. S. *adorava* todos os jogos e esportes, ao ar livre ou em recinto fechado, e como protagonista era em geral espetacularmente bom ou espetacularmente ruim – raramente algo entre os extremos. Uns dois anos atrás minha irmã Franny me informou de que uma de suas Mais Antigas Recordações era ver, de seu "berço de vime" (tal qual uma Infanta, suponho), o Seymour jogando pingue-pongue com alguém na sala de estar. Na verdade, acho que o berço de vime era uma cama de criança já bem velhusca, com rodinhas nos pés, que sua irmã Boo Boo costumava empurrar pela casa, sacolejando nas soleiras das portas, até atingir o centro de atividade. É bem provável, contudo, que quando bebê ela de fato houvesse visto o Seymour jogando pingue-pongue, e seu adversário, suficientemente insignificante para não lhe ficar gravado na memória, bem poderia ter sido eu mesmo. Em geral eu era reduzido à mais total insignificância quando jogava pingue-pongue com o Seymour. Era como se do outro lado da rede estivesse a própria deusa Kali, com seus múltiplos braços e um sorriso nos lábios, sem o mínimo interesse pelo resultado da partida. Ele respondia de "martelo" ou de efeito e, a cada duas ou três jogadas, dava uma violenta cortada como se a bola tivesse sido levantada para ficar inteiramente à sua feição. De cada cinco jogadas dele, numas três a bola batia na rede ou passava a quilômetros de distância da mesa, de modo que seu oponente quase nunca tinha chance de dar uma rebatida. Tal fato, entretanto, jamais conseguia atrair sua atenção, daí ele ficar sempre surpreso e desmanchar-se em desculpas quando o adversário afinal reclamava, com justa indignação, por ter de sair catando a bola pela droga da sala toda, debaixo das cadeiras, dos sofás e do piano, sem falar naqueles cantinhos miseráveis atrás dos livros arrumados na estante.

Ele era igualmente impetuoso, e igualmente abominável, no tênis. Nós jogávamos *freqüentemente*. Sobretudo no meu último ano de universidade em Nova York. Nessa época ele já estava lecionando na mesma instituição e havia muitos dias, em particular na primavera, em que eu morria de medo de que fizesse um tempo bonito demais, pois sabia que algum rapaz subitamente cairia a meus pés com um bilhete do Seymour dizendo que estava um dia lindo e perguntando se eu não topava um tênis mais tarde. Recusava-me a jogar com ele nas quadras da universidade, onde temia que algum de meus amigos ou dos amigos *dele* – sobretudo certos *Kollegen* seus mais metidos a besta – pudesse vê-lo em ação; por isso, geralmente íamos para as quadras da rua 96, um dos velhos pontos de encontro de nossa turma. Um dos estratagemas mais inoperantes que já bolei consistia em deixar propositadamente a raquete e os tênis em casa, e não no meu armário na universidade. Disso só resultava uma pequena vantagem. Normalmente eu recebia uma pequena prova de comiseração enquanto me vestia para ir encontrá-lo na quadra, e muitas vezes um de meus irmãos, compadecido, me acompanhava até a porta da frente para me ajudar a esperar o elevador.

Em todos os jogos de carta, sem exceção – burro, pôquer, canastra, *king*, *bridge*, vinte-e-um, sete-e-meio –, ele era absolutamente intolerável. As partidas de burro, entretanto, a gente ainda podia ver. Ele costumava jogar com os gêmeos quando eram pequenos e passava o tempo todo lhes dando a entender que deviam perguntar se ele tinha uma ou outra carta, quando não tossia significativamente e deixava todas elas à mostra. No pôquer ele também era notável. Por volta dos dezoito ou dezenove anos atravessei uma curta fase em que me dediquei, com todo o afinco e sem o menor êxito, à tarefa de me tornar um sujeito legal, um cara altamente sociável. Nessa época chamava com freqüência uns amigos em casa para jogar pôquer, e muitas vezes Seymour participava da roda. Era um bocado difícil deixar de saber quando ele estava entupido de ases porque ficava lá rindo, nas palavras de minha irmã como se fosse um coelho de Páscoa com uma cesta cheia de ovos de chocolate. E o que era pior: tinha o hábito de pegar uma seqüência, um *full hand* ou coisa melhor e não levantar a mesa, ou nem mesmo pagar para ver, se simpatizasse com o sujeito do outro lado da mesa que provavelmente não tinha mais do que um par de dez.

Ele era uma porcaria em quatro de cada cinco esportes. Durante nosso tempo de escola primária, quando morávamos na esquina da rua 110 com o Riverside Drive, toda tarde havia um jogo qualquer, seja nas ruas transversais (beisebol, hóquei em patins), seja, como era mais comum, no gramado perto da estátua de Kossuth, no Riverside Drive (futebol). No futebol e no hóquei, Seymour tinha o dom, pouquíssimo apreciado por seus companheiros de equipe, de partir para a frente – muitas vezes de modo brilhante – e então parar pelo tempo suficiente para que o goleiro se colocasse em posição inexpugnável. Ele quase nunca jogava futebol americano, a não ser que faltasse jogador num dos times. Eu jogava sempre. A violência não me desgostava, ou pelo menos eu ficava quase sempre tão apavorado que não tinha outra saída senão jogar. Eu era mesmo um dos organizadores da droga do jogo. Nas poucas ocasiões em que o Seymour jogava futebol americano, era impossível saber de antemão se ele seria uma vantagem ou uma desvantagem para seus companheiros de equipe. Na maior parte das vezes era o primeiro a ser escolhido, porque tinha mesmo uma tremenda facilidade de drible e era um carregador de bola nato. Se, tendo a bola no meio do campo, ele não decidisse deixar-se derrubar por um marcador, aí então era uma grande vantagem para o time. Porém, como já disse, não se sabia nunca se ele acabaria ajudando ou atrapalhando. Certa vez, numa das raras e deliciosas ocasiões em que meus companheiros de equipe permitiram de má vontade que eu carregasse a bola, o Seymour, jogando pelo time contrário, me perturbou totalmente ao fazer a maior cara de alegria quando corri na direção dele, como se se tratasse de um encontro inesperado mas imensamente providencial. Parei de estalo e, é óbvio, alguém me derrubou como se eu fosse um saco de batatas.

Estou me estendendo demais sobre este assunto, bem sei, mas não posso parar agora. Como disse antes, ele era espetacularmente bom em alguns jogos. Na verdade, indesculpavelmente bom. O que quero dizer com isso é que a gente sempre se irrita quando depara com um adversário que contraria toda a ortodoxia do jogo e, apesar disso, se revela imbatível. Há diversos filhos-da-mãe desse tipo – o Filho-da-Mãe sem Técnica, o Filho-da-Mãe Mascarado, ou simplesmente o filho-da-mãe cem por cento norte-americano, que vai desde o sujeito que ganha da gente embora use um equipamento muito mais barato ou de qualidade inferior até o vencedor que não consegue esconder sua alegria pela vitória. O único crime do Seymour nos jogos em que era bom consistia na falta de técnica, mas se tratava realmente de um crime capital. Estou pensando especificamente em três jogos: parede, bola de gude e sinuca. (Vou ter de deixar a sinuca para outra oportunidade. Para nós não era apenas um jogo, e sim, praticamente uma religião. Jogamos sinuca antes ou depois de quase todas as grandes crises de nossa juventude.) Parede, para governo dos leitores do interior, é jogado com o auxílio das escadas da frente de uma casa ou da fachada de um edifício de apartamentos. Segundo nossas regras, uma bola de borracha era atirada contra a fachada irregular de granito do prédio onde morávamos – uma mistura tipicamente nova-iorquina de iônico grego e coríntio romano –, mais ou menos na altura da cintura. Se a bola caísse na rua ou na calçada oposta sem ser apanhada no ar por alguém do time contrário, o jogador passava para a primeira base, como no beisebol; se era apanhada em pleno vôo – o que acontecia com maior freqüência –, o jogador estava "fora". Marcava-se um *home run*[10] quando a bola atravessava toda a rua, batia na parede do edifício oposto e caía na calçada sem ser apanhada no ar pelos adversários. Nos bons tempos, muitas bolas chegavam à parede oposta, porém pouquíssimas eram suficientemente baixas, velozes e envenenadas para não serem apanhadas antes de tocar no chão. Seymour

10. No beisebol, tacada que permite ao batedor fazer o circuito completo das quatro bases sem que nenhum adversário o toque com a bola. Em geral só ocorre quando a bola é atirada para fora do campo. (N.T.)

marcava um *home run* praticamente todas as vezes que lançava a bola. Quando os outros garotos da redondeza marcavam um *home run*, isso era em geral considerado puro bamburro – agradável ou desagradável dependendo do time pelo qual se estava jogando –, mas, quando o Seymour deixava de fazer o seu, isso é que parecia um bamburro. O que era mais notável, e mais relevante para os fins desta dissertação, ninguém na vizinhança jogava a bola do jeito que ele jogava. Todos nós, se fôssemos destros, como *ele* era, ficávamos meio de banda, o lado esquerdo voltado para a parede cheia de ressaltos, e atirávamos a bola com um forte movimento lateral do braço. Seymour se postava *de frente* para a parede e jogava a bola de cima para baixo – num movimento muitíssimo parecido com sua horrorosa e abominavelmente ineficaz cortada no pingue-pongue ou no tênis –, mas a bola zunia de volta, tão rente à sua cabeça que ele era obrigado a dar uma abaixadinha, indo direto para as "arquibancadas". Se a gente tentava jogar do jeito dele (seja em segredo, seja sob sua fervorosa supervisão), era posto para fora com a maior facilidade ou tomava uma droga duma bolada na cara. Chegou um tempo em que ninguém no quarteirão queria jogar parede com ele – nem mesmo eu. Freqüentemente, nessa época, ele se dedicava a explicar as sutilezas do jogo a uma de nossas irmãs ou o transformava num fantástico esporte solitário, em que a bola batia na parede oposta e voltava quicando pelo chão até suas mãos sem que ele tivesse de dar um único passo para os lados. (Está bem, está bem. Estou abusando disso, mas passados trinta anos ainda acho o troço irresistível.) Em bola de gude ele era igualmente infernal. Tal como praticado em nosso quarteirão, o primeiro sujeito jogava sua bola a uma distância de sete ou oito metros rente ao meio-fio, isto numa rua transversal onde não houvesse carros estacionados. O adversário tentava então acertá-la, jogando do mesmo ponto inicial. Era quase impossível fazê-lo, pois qualquer coisinha é capaz de desviar uma bola de gude de sua trajetória: as irregularidades do próprio terreno, um repique infeliz contra o meio-fio, um chiclete descartado, qualquer das centenas de titicas que vicejam nas ruas de Nova York – sem falar na pura e comuníssima falta de pontaria. Se o segundo jogador não acertava de saída, sua bola em geral parava suficientemente próximo da outra para que o adversário a acertasse em seguida. Fosse ou não o primeiro a jogar, Seymour era imbatível umas oitenta ou noventa vezes de cada cem que jogava conosco. Nos tecos de longa distância, sua bola descrevia uma longa trajetória em arco, como no boliche certos jogadores fazem o lançamento enviesado começando junto à valeta lateral. Nesse caso, também, sua técnica era alucinantemente excêntrica. Enquanto todo mundo no quarteirão jogava com a mão na frente do corpo, Seymour despachava sua bola com um movimento lateral do braço – uma chicotada de pulso – vagamente similar ao gesto de quem atira uma pedra chata para que saia repicando na superfície de um lago. E mais uma vez qualquer tentativa de imitação se revelava desastrosa. Jogar do modo dele significava desistir de exercer o *menor* controle sobre a bola.

Acho que parte do meu cérebro havia muito preparava uma emboscada para o que vem a seguir. Faz anos e anos que não pensava nisso.

Num fim de tarde, naqueles quinze minutos líquidos de Nova York em que se acabaram de acender os lampiões das ruas e as luzes de estacionamento de alguns carros, enquanto as de outros continuam apagadas, eu estava jogando bola de gude com um garoto chamado Ira Yankauer na rua transversal que começava bem em frente ao toldo de lona situado na entrada de nosso edifício. Eu tinha oito anos. Estava usando a técnica do Seymour, ou tentando usá-la – o movimento lateral, o jeito de fazer a bola descrever uma longa curva em direção à do adversário –, e vinha perdendo seguidamente. Seguidamente mas sem tristeza. Porque era aquela hora do dia em que os garotos de Nova York se parecem muito com os garotos de Tiffin, no estado de Ohio, quando eles ouvem um apito distante de trem no instante em que a última vaca está sendo tocada para dentro do estábulo. Nesses quinze minutos mágicos, se a gente perdia uma bola de gude, estava simplesmente perdendo uma bola de gude. Ira, creio eu, estava sujeito ao mesmo sortilégio e, assim sendo, vinha simplesmente ganhando algumas bolas de gude. No meio dessa quietude, e inteiramente em sintonia com ela, Seymour me chamou. O fato de haver uma terceira pessoa no universo chegou como uma surpresa agradável, tão mais agradável por se tratar justamente do Seymour. Virei-me de corpo inteiro na direção da voz e acho que Ira também o fez. As luzes brilhantes sob o toldo na entrada do prédio haviam acabado de ser acesas. Seymour estava de frente para nós, equilibrando-se na beirada do meio-fio, as mãos enfiadas nos bolsos do casaco forrado de pele de carneiro. Com as luzes do toldo às costas, o rosto estava na penumbra, pouco nítido. Ele tinha dez anos. Pelo jeito que se equilibrava no meio-fio, pela posição de suas mãos, pela... pela incógnita x, eu sabia tão bem quanto sei agora que ele próprio estava totalmente cônscio da magia da hora. "Por que você não tenta mirar menos?", perguntou-me sem se mover do lugar. "Se você acertar quando mirar, vai ser por pura sorte", continuou falando, comunicando, sem por isso quebrar o encanto. Então *eu* tratei de quebrar o encanto. De propósito. "Como é que vai ser *sorte*, se eu *mirei*?", respondi não muito alto (apesar da ênfase gráfica) porém com mais irritação na voz do que estava de fato sentindo. Ele não disse nada por alguns instantes, apenas se deixou ficar equilibrado no meio-fio, olhando-me, eu sabia imperfeitamente, com amor. "Porque vai ser", acabou dizendo. "Você vai ficar *satisfeito* se acertar a bola dele, a bola do Ira, não vai? Não vai ficar *satisfeito*? E, se você fica *satisfeito* quando acerta a bola de alguém, então, secretamente é porque não esperava muito acertar. E é por isso que tem de haver uma dose de sorte, tem de ser meio sem querer", disse ele. Desceu do meio-fio, as mãos ainda enfiadas nos bolsos do casaco, e caminhou em nossa direção. Mas um Seymour pensativo não atravessa rapidamente uma rua no lusco-fusco, ou por certo não parece fazê-lo. Na luz crepuscular, ele se aproximou como se fosse um barco à vela. O orgulho, pelo contrário, é uma das coisas mais velozes do mundo e, antes que ele chegasse a um metro e meio de onde estávamos, eu disse apressadamente ao Ira: "Já está ficando mesmo muito escuro", encerrando com isso o jogo.

Esta imagem que aflorou dos fundos da memória fez com que eu começasse a suar da cabeça aos pés. Quero um cigarro, mas o maço está vazio e não tenho a menor vontade de levantar da cadeira. Ah, meu Deus, que nobre profissão a de escritor. Até que ponto conheço meu leitor? O que é que posso lhe contar sem desnecessariamente deixar um de nós numa posição incômoda? Há algo que posso lhe dizer: existe um nicho preparado para cada um de nós em nossas próprias mentes. Até um minuto atrás eu tinha visto meu nicho quatro vezes em toda a vida. Esta foi a quinta vez. Vou me esticar no chão por uma meia hora. Peço que você me desculpe.

Isso soa a mim mesmo como uma daquelas notas nos programas de teatro, porém, após aquele último e teatral parágrafo, acho que bem mereço o castigo. Três horas se passaram. Dormi deitado no chão. (*Estou perfeitamente bem agora, minha cara Baronesa. Deus meu, que tereis pensado de mim? Permiti-me que vos ofereça um vinhozinho extremamente interessante. Trata-se de um produto de minhas próprias vinhas, e estou seguro de que...)* Eu gostaria de anunciar – tão depressa quanto possível – que, qualquer que tenha sido a causa da Comoção registrada na página três horas atrás, eu não estava nem um pouquinho inebriado – como não estou e jamais estarei – com minha capacidade (meu interessante dom, cara Baronesa) de recordação quase total. No momento em que me tornei, ou fiz de mim, uma ruína humana banhada em suor, eu não estava estritamente preocupado com o que o Seymour havia dito – e nem mesmo com o Seymour, para ser exato. Em essência, o que me deixou incapacitado foi a súbita percepção de que o Seymour é a minha bicicleta Davega. Toda a vida esperei pela mais leve indicação de que gostaria de dar a alguém uma bicicleta Davega, sem falar na força de vontade necessária para concretizar o impulso. Naturalmente, apresso-me em explicar.

Quando eu e Seymour tínhamos treze e quinze anos, ao sairmos certa noite do quarto para ouvir no rádio, me parece, a dupla Stoopnagle e Budd, demos de cara na sala de estar com uma grande comoção, cuja gravidade era reforçada pelo tom de voz baixo em que a coisa vinha sendo conduzida. Só estavam presentes três pessoas – nosso pai, nossa mãe e nosso irmão Waker –, mas tenho a vaga suspeita de que outros pequenos seres tudo ouviam de seus esconderijos. O rosto de Les estava vermelhíssimo, os lábios de Bessie de tão apertados quase haviam desaparecido, enquanto nosso irmão Waker – que naquele instante, segundo meus cálculos, devia ter exatamente nove anos e catorze horas – se encontrava de pé junto ao piano, descalço e de pijamas, as lágrimas correndo pelo rosto. Meu primeiro impulso diante desse tipo de crise doméstica era dar no pé, porém, como Seymour não fez menção de partir, fui ficando também.

Les, mal conseguindo controlar-se, imediatamente apresentou a Seymour o libelo acusatório. Naquela manhã, como já sabíamos, Waker e Walt tinham recebido de presente de aniversário duas lindas bicicletas, de listras vermelhas e brancas, cujo preço de muito excedia o potencial do orçamento familiar. Eram justamente as duas bicicletas que eles vinham namorando havia vários meses na vitrine da Casa Davega, na rua 86 entre a Terceira Avenida e a Lexington. Uns dez minutos antes que eu e Seymour saíssemos do quarto, Les descobrira que a bicicleta do Waker não estava devidamente guardada no porão do prédio junto com a do Walt. Naquela mesma tarde, no Central Park, Waker dera sua bicicleta de presente. Um garoto que ele nem conhecia ("um molequinho que ele nunca tinha visto na *vida*") lhe pedira a bicicleta e Waker havia dado. Tanto Les quanto Bessie, obviamente, não negavam que Waker tivera "a melhor das intenções", mas nem por isso deixavam de analisar os pormenores da transação com implacável lógica. Em essência, achavam que o Waker deveria apenas – e Les reiterou sua opinião com grande veemência para benefício do Seymour – deixar o garoto dar uma *boa* volta na bicicleta. Nesse ponto Waker interrompeu, soluçante. O menino não *queria* dar uma boa volta, o que ele queria era a *bicicleta*. Ele nunca havia possuído uma bicicleta e sempre tinha *desejado* ter uma. Olhei para o Seymour. Ele estava começando a se excitar. Sua fisionomia principiava a refletir o desejo de pôr tudo em ordem e, ao mesmo tempo, a total incapacidade de arbitrar disputa tão complicada – mas eu sabia, por experiência própria, que em breve estaria restaurada a paz na sala, por mais milagroso que isso pudesse parecer àquela altura. ("O sábio sente-se ansioso e indeciso ao empreender qualquer coisa, e por isso é sempre bem-sucedido." – Livro XXVI, *Os textos de Chuang-Tzu.*) Não vou relatar em pormenores (por uma vez na vida) a maneira pela qual o Seymour – e deve haver outro modo de caracterizar o que ele fez, mas não sei como – competentemente meteu os pés pelas mãos até atingir o âmago da questão, com o que, alguns minutos depois, os três beligerantes se beijaram em reconciliação. A verdadeira moral da história é algo descaradamente pessoal, cujo sentido creio já ter deixado bem claro.

O que o Seymour me disse – ou melhor, me ensinou – naquela tarde de 1927 em que eu estava jogando bola de gude me parece relevante e significativo, daí por que devo discuti-lo um pouco. Muito embora (um tanto chocante dizê-lo) quase nada me pareça mais relevante e significativo neste momento do que o fato de o flatulento irmão do Seymour, aos quarenta anos, afinal ter ganho uma bicicleta Davega que ele pode dar de presente a quem quiser, de preferência à primeira pessoa que a pedir. Surpreendo-me imaginando, *cismando*, se é de fato *correto* passar de uma reflexão pseudometafísica, conquanto insignificante ou pessoal, para outra, por mais robusta e impessoal que seja. Isto é, sem primeiro divagar, vagabundear um pouco, no estilo verborrágico a que me habituei. No entanto, aí vai: quando do meio-fio oposto ele me instruiu a deixar de fazer mira na bola do Ira Yankauer – e tinha dez anos nessa época, lembre-se por favor –, creio que instintivamente estava muito próximo, em espírito, do tipo de conselho que um mestre arqueiro no Japão dá a seus discípulos mais voluntariosos, ao lhes proibir de apontar na direção do alvo; isto é, quando o mestre arqueiro permite, por assim dizer, que os discípulos façam Pontaria, mas não pontaria. Todavia, prefiro deixar o arco-e-flecha zen, e a própria filosofia zen, fora desta breve dissertação – em parte, sem dúvida, porque o termo zen já está se tornando um modismo insuportável, quase vulgar, e isso por boas razões, embora superficiais. (E digo superficiais porque o verdadeiro zen certamente sobreviverá a seus paladinos ocidentais, os quais, na sua grande maioria, parecem confundir a quase-doutrina do Desligamento com um convite à indiferença espiritual, até mesmo à insensibilidade – e que evidentemente não hesitariam em derrubar um Buda sem antes fazer por merecer um punho de ouro. O genuíno zen, escusado dizer – mas é melhor dizer, no ritmo em que vou seguindo –, estará por aqui depois que sujeitos pretensiosos, como eu, já tenham há muito desaparecido.) Mas, sobretudo, prefiro não comparar os conselhos do Seymour no jogo de bola de gude ao arco-e-flecha zen simplesmente porque eu não sou um arqueiro zen nem um Budista zen, e muito menos um adepto da escola zen. (Não sei se seria oportuno esclarecer que meus vínculos – se é que posso hesitantemente chamá-los assim – com a filosofia oriental, tanto quanto os de Seymour, estavam e estão enraizados no Velho e no Novo Testamento, no Advaita Vedanta e no taoísmo clássico. Estou inclinado a considerar-me, supondo que mereça tão doce classificação oriental, um Karma Yogin de quarta classe, talvez com umas pitadas de Jnana Yiga para dar mais sabor ao guisado. Sinto-me tão profundamente atraído pela literatura clássica zen que tenho mesmo a audácia de dar aulas na universidade uma noite por semana sobre ela e sobre a literatura do budismo mahayana, porém minha vida dificilmente poderia ser menos zen do que é: o pouco que consegui apreender – e escolho o verbo com cuidado – da experiência zen é antes o subproduto de eu ter escolhido um caminho tão distante do zen. Sobretudo porque o próprio Seymour literalmente me implorou para que assim fizesse, e nunca soube que ele tivesse cometido um único erro nesse tipo de matéria.) Felizmente para mim, e talvez para todo mundo, não creio ser necessário discutir aqui a filosofia zen. O método de jogar bola de gude preconizado por pura intuição pelo Seymour pode ser relacionado, legitimamente e sem qualquer conotação oriental, à recôndita arte de se jogar uma guimba de cigarro numa pequena cesta de papéis situada do outro lado da sala. Arte esta, acho eu, em que quase todos os homens que fumam só conseguem revelar sua maestria quando estão pouco se lixando se a guimba vai ou não cair na cesta, ou quando a sala é inteiramente esvaziada de testemunhas oculares, inclusive, por assim dizer enfaticamente, o próprio sujeito que se descarta do cigarro. Farei o possível para não insistir neste exemplo, por mais delicioso que me pareça, mas cumpre acrescentar – voltando por um momento às bolas de gude – que o Seymour se abria em sorrisos ao ouvir o clique de vidro contra vidro, mas nunca parecia saber a *quem* pertencia o clique vitorioso. E é verdade também que quase sempre alguém tinha de apanhar a bola que acabara de ganhar e *entregá-la* a ele.

Graças a Deus isto acabou. Posso garantir que não fui eu que encomendei.

Acho – *sei* – que essa será minha última observação de natureza "física". Que seja razoavelmente engraçada. Adoraria descarregar o ambiente antes de ir dormir.

Trata-se de uma Anedota, veja bem, mas lá vai assim mesmo: aos nove anos eu tinha a agradabilíssima convicção de que era o Menino Mais Veloz do Mundo. Esse é o tipo de idéia maluca, basicamente extracurricular, que não morre assim à toa: ainda hoje, quarentão supersedentário, não tenho a menor dificuldade em me imaginar, em trajes de passeio, ultrapassando de passagem uma fila de ilustres mas ofegantes corredores olímpicos e acenando para eles de forma muito amistosa, porém sem uma ponta de condescendência. Seja como for, uma bela tarde de primavera, quando ainda morávamos no Riverside Drive, Bessie me mandou comprar sorvete para o jantar. Saí do prédio naquele mesmo quarto de hora mágico que descrevi alguns parágrafos acima. Igualmente fatal para o encadeamento da história, eu estava usando tênis – calçados que, para quem é por acaso o Menino Mais Veloz do Mundo, são quase tão importantes quanto os sapatinhos vermelhos para a menina do Hans Christian Andersen. Mal despontei na rua, tornei-me Mercúrio redivivo e disparei pelo longo quarteirão que leva à Broadway. Dobrei a esquina da Broadway em duas rodas e segui em frente, conseguindo fazer o impossível: *acelerei* ainda mais. A loja que vendia o sorvete Louis Sherry, indicação inflexível de Bessie, ficava três quarteirões ao norte, na altura da rua 113. Na metade do caminho passei voando pela papelaria onde costumávamos comprar jornais e revistas, mas, na velocidade em que ia, não vi nenhum conhecido ou parente nas imediações. Aí, um quarteirão adiante, ouvi às minhas costas os sons de uma perseguição feita por alguém a pé. Como bom nova-iorquino, minha primeira suspeita foi de que a polícia estivesse atrás de mim – provavelmente me acusariam de Excesso de Velocidade em Zona Não-Escolar. Tentei exigir de meu corpo uma aceleração adicional, porém já era tarde. Senti que uma mão agarrava meu suéter exatamente onde deveria estar pregado o número da equipe vencedora e, assustado pra burro, parei de correr com toda a elegância de um albatroz aterrissando. Meu perseguidor, obviamente, era o Seymour, e ele próprio parecia um bocado assustado. "Quê que *há*? O quê que *aconteceu*?", perguntou-me freneticamente. Ainda estava agarrado a meu suéter. Desvencilhei-me com um repelão e o informei, no mais baixo calão da vizinhança, que não reproduzirei aqui, de que não era *nada*, que não havia acontecido *coisa* nenhuma, que eu só estava *correndo*, porra. Seu alívio foi prodigioso. "Cara, que susto você me deu! Você vinha a toda! Quase não consegui te *pegar*!", ele disse. Aí seguimos juntos, a passo, até a sorveteria. Estranhamente, ou não tão estranhamente, o moral do já agora Segundo Menino Mais Veloz do Mundo não fora visivelmente abalado. Por mais não fosse, *ele* é que me suplantara. Além disso, eu estava extremamente ocupado em reparar como ele vinha arfando. Havia algo de muitíssimo engraçado em vê-lo tão arquejante.

Acabei com isto. Ou melhor, isto acabou comigo. No fundo, minha mente sempre refugou diante de qualquer espécie de desenlace. Quantas histórias já rasguei desde a juventude só porque elas tinham aquilo que Somerset Maugham, criticando o velho Tchekov, chamava de Começo-Meio-e-Fim? Trinta e cinco? Cinqüenta? Uma das mil razões pelas quais parei de ir ao teatro por volta dos vinte anos foi que eu me chateava profundamente com o fato de ter de ir embora só porque o autor resolvia mandar baixar a droga da cortina. (O que terá acontecido com o grande chato do Fortimbrás? Quem terá finalmente consertado sua carroça?) Seja como for, vou ficando por aqui. Havia ainda uma ou duas observações de cunho físico, fragmentárias sem dúvida, que eu gostaria de fazer, mas sinto claramente que meu tempo está *esgotado*. Além do quê, são vinte para as sete e tenho de dar uma aula às nove. Só resta tempo para tirar uma soneca de meia hora, fazer a barba e talvez tomar um refrescante banho de sangue. Vem-me o impulso – mais um velho reflexo citadino do que verdadeiramente um impulso, graças a Deus – de dizer algo moderadamente sarcástico acerca das 24 jovens que estarão me esperando na sala 307, recém-chegadas de fins de semana festivos em Cambridge, Hannover ou New Haven; mas não posso terminar uma descrição do Seymour – nem mesmo uma má descrição, uma descrição em que meu ego, na ânsia perpétua de compartilhar com ele as luzes da ribalta, despontou por toda parte – sem tomar consciência do que é bom, do que é real. Isso é meio pretensioso de dizer (e, portanto, estou talhado para fazê-lo), mas não é por nada que sou irmão de meu irmão; e eu sei – nem sempre, mas *sei* – que não há nada mais importante para mim do que entrar naquela horrível sala 307. Não há uma única moça lá, inclusive a Terrível Senhorita Zabel, que não seja tão minha irmã quanto Boo Boo ou Franny. Talvez elas brilhem com a ignorância dos tempos imemoriais, mas nem por isso deixam de brilhar. Essa idéia me espanta: o único lugar do mundo para o qual eu desejo ir agora é a sala 307. Seymour disse certa vez que, em nossas vidas, só fazemos passar de um pedacinho de Terra Sagrada para outro. Será que ele *nunca* se engana?

Agora vai para a cama, vai. Depressa. Depressa e devagar.

## SÉRIE **L&PM** POCKET **PLUS**

*24 horas na vida de uma mulher* – Stefan Zweig
*Alves & Cia.* – Eça de Queiroz
*À paz perpétua* – Immanuel Kant
*As melhores histórias de Sherlock Holmes* – Arthur Conan Doyle
*Bartleby, o escriturário* – Herman Melville
*Cartas a um jovem poeta* – Rainer Maria Rilke
*Cartas portuguesas* – Mariana Alcoforado
*Cartas do Yage* – William Burroughs e Allen Ginsberg
*Continhos galantes* – Dalton Trevisan
*Dr. Negro e outras histórias de terror* – Arthur Conan Doyle
*Esboço para uma teoria das emoções* – Jean-Paul Sartre
*Juventude* – Joseph Conrad
*Libelo contra a arte moderna* – Salvador Dalí
*Liberdade, liberdade* – Millôr Fernandes e Flávio Rangel
*Mulher no escuro* – Dashiell Hammett
*No que acredito* – Bertrand Russell
*Noites brancas* – Fiódor Dostoiévski
*O casamento do céu e do inferno* – William Blake
*O coronel Chabert* seguido de *A mulher abandonada* – Balzac
*O diamante do tamanho do Ritz* – F. Scott Fitzgerald
*O gato por dentro* – William S. Burroughs
*O juiz e seu carrasco* – Friedrich Dürrenmatt
*O teatro do bem e do mal* – Eduardo Galeano
*O terceiro homem* – Graham Greene
*Poemas escolhidos* – Emily Dickinson
*Primeiro amor* – Ivan Turguêniev
*Sobre a brevidade da vida* – Sêneca
*Sobre a inspiração poética & Sobre a mentira* – Platão
*Sonetos para amar o amor* – Luís Vaz de Camões
*Trabalhos de amor perdidos* – William Shakespeare
*Tristessa* – Jack Kerouac
*Uma temporada no inferno* – Arthur Rimbaud
*Vathek* – William Beckford

SÉRIE **L&PM**POCKET**ENCYCLOPÆDIA**

*Acupuntura* – Madeleine Fiévet-Izard, Madeleine Guillaume e Jean-Claude de Tymowski
*Alexandre, o Grande* – Pierre Briant
*Budismo* – Claude B. Levenson
*Cabala* – Roland Goetschel
*Capitalismo* – Claude Jessua
*Cleópatra* – Christian-Georges Schwentzel
*A crise de 1929* – Bernard Gazier
*Cruzadas* – Cécile Morrisson
*Economia: 100 palavras-chave* – Jean-Paul Betbèze
*Egito Antigo* – Sophie Desplancques
*Escrita chinesa* – Viviane Alleton
*Existencialismo* – Jacques Colette
*Geração Beat* – Claudio Willer
*Guerra Civil Americana* – Farid Ameur
*História de Paris* – Yvan Combeau
*História do vinho* – Jean-François Gautier
*Império Romano* – Patrick Le Roux
*Impressionismo* – Dominique Lobstein
*Islã* – Paul Balta
*Jesus* – Charles Perrot
*Marxismo* – Henri Lefebvre
*Mitologia grega* – Pierre Grimal
*Nietzsche* – Jean Granier
*Revolução francesa* – Fréderic Bluche, Stéphane Rials e Jean Tulard
*Santos Dumont* – Alcy Cheuiche
*Sigmund Freud* – Edson Sousa e Paulo Endo
*Tragédias gregas* – Pascal Thiercy

## Coleção **L&PM** POCKET

1.**Catálogo geral da Coleção**
2.**Poesias** – Fernando Pessoa
3.**O livro dos sonetos** – org. Sergio Faraco
4.**Hamlet** – Shakespeare / trad. Millôr
5.**Isadora, frag. autobiográficos** – Isadora Duncan
6.**Histórias sicilianas** – G. Lampedusa
7.**O relato de Arthur Gordon Pym** – Edgar A. Poe
8.**A mulher mais linda da cidade** – Bukowski
9.**O fim de Montezuma** – Hernan Cortez
10.**A ninfomania** – D. T. Bienville
11.**As aventuras de Robinson Crusoé** – D. Defoe
12.**Histórias de amor** – A. Bioy Casares
13.**Armadilha mortal** – Roberto Arlt
14.**Contos de fantasmas** – Daniel Defoe
15.**Os pintores cubistas** – G. Apollinaire
16.**A morte de Ivan Ilitch** – L.Tolstói
17.**A desobediência civil** – D. H. Thoreau
18.**Liberdade, liberdade** – F. Rangel e M. Fernandes
19.**Cem sonetos de amor** – Pablo Neruda
20.**Mulheres** – Eduardo Galeano
21.**Cartas a Théo** – Van Gogh
22.**Don Juan** – Molière / Trad. Millôr Fernandes
24.**Horla** – Guy de Maupassant
25.**O caso de Charles Dexter Ward** – Lovecraft
26.**Vathek** – William Beckford
27.**Hai-Kais** – Millôr Fernandes
28.**Adeus, minha adorada** – Raymond Chandler
29.**Cartas portuguesas** – Mariana Alcoforado
30.**A mensageira das violetas** – Florbela Espanca
31.**Espumas flutuantes** – Castro Alves
32.**Dom Casmurro** – Machado de Assis
34.**Alves & Cia.** – Eça de Queiroz
35.**Uma temporada no inferno** – A. Rimbaud
36.**A corresp. de Fradique Mendes** – Eça de Queiroz
38.**Antologia poética** – Olavo Bilac
39.**O rei Lear** – Shakespeare
40.**Memórias póstumas de Brás Cubas** – M. de Assis
41.**Que loucura!** – Woody Allen
42.**O duelo** – Casanova
44.**Gentidades** – Darcy Ribeiro
45.**Mem. de um Sarg. de Milícias** – M. A. de Almeida
46.**Os escravos** – Castro Alves
47.**O desejo pego pelo rabo** – Pablo Picasso
48.**Os inimigos** – Máximo Gorki
49.**O colar de veludo** – Alexandre Dumas
50.**Livro dos bichos** – Vários
51.**Quincas Borba** – Machado de Assis
53.**O exército de um homem só** – Moacyr Scliar
54.**Frankenstein** – Mary Shelley
55.**Dom Segundo Sombra** – Ricardo Güiraldes
56.**De vagões e vagabundos** – Jack London
57.**O homem bicentenário** – Isaac Asimov
58.**A viuvinha** – José de Alencar
59.**Livro das cortesãs** – org. de Sergio Faraco
60.**Últimos poemas** – Pablo Neruda
61.**A moreninha** – Joaquim Manuel de Macedo
62.**Cinco minutos** – José de Alencar
63.**Saber envelhecer e a amizade** – Cícero
64.**Enquanto a noite não chega** – J. Guimarães
65.**Tufão** – Joseph Conrad
66.**Aurélia** – Gérard de Nerval
67.**I-Juca-Pirama** – Gonçalves Dias
68.**Fábulas** – Esopo
69.**Teresa Filósofa** – Anônimo do Séc. XVIII
70.**Avent. inéditas de Sherlock Holmes** – A. C. Doyle
71.**Quintana de bolso** – Mario Quintana
72.**Antes e depois** – Paul Gauguin
73.**A morte de Olivier Bécaille** – Émile Zola
74.**Iracema** – José de Alencar
75.**Iaiá Garcia** – Machado de Assis
76.**Utopia** – Tomás Morus
77.**Sonetos para amar o amor** – Camões
78.**Carmem** – Prosper Mérimée
79.**Senhora** – José de Alencar
80.**Hagar, o horrível 1** – Dik Browne
81.**O coração das trevas** – Joseph Conrad
82.**Um estudo em vermelho** – Arthur Conan Doyle
83.**Todos os sonetos** – Augusto dos Anjos
84.**A propriedade é um roubo** – P.-J. Proudhon
85.**Drácula** – Bram Stoker
86.**O marido complacente** – Sade
87.**De profundis** – Oscar Wilde
88.**Sem plumas** – Woody Allen
89.**Os bruzundangas** – Lima Barreto
90.**O cão dos Baskervilles** – Arthur Conan Doyle
91.**Paraísos artificiais** – Charles Baudelaire
92.**Cândido, ou o otimismo** – Voltaire
93.**Triste fim de Policarpo Quaresma** – Lima Barreto
94.**Amor de perdição** – Camilo Castelo Branco
95.**A megera domada** – Shakespeare / trad. Millôr
96.**O mulato** – Aluísio Azevedo
97.**O alienista** – Machado de Assis
98.**O livro dos sonhos** – Jack Kerouac
99.**Noite na taverna** – Álvares de Azevedo
100.**Aura** – Carlos Fuentes
102.**Contos gauchescos e Lendas do sul** – Simões Lopes Neto
103.**O cortiço** – Aluísio Azevedo
104.**Marília de Dirceu** – T. A. Gonzaga
105.**O Primo Basílio** – Eça de Queiroz
106.**O ateneu** – Raul Pompéia
107.**Um escândalo na Boêmia** – Arthur Conan Doyle
108.**Contos** – Machado de Assis
109.**200 Sonetos** – Luis Vaz de Camões
110.**O príncipe** – Maquiavel
111.**A escrava Isaura** – Bernardo Guimarães
112.**O solteirão nobre** – Conan Doyle
114.**Shakespeare de A a Z** – Shakespeare
115.**A relíquia** – Eça de Queiroz
117.**Livro do corpo** – Vários
118.**Lira dos 20 anos** – Álvares de Azevedo
119.**Esaú e Jacó** – Machado de Assis
120.**A barcarola** – Pablo Neruda
121.**Os conquistadores** – Júlio Verne
122.**Contos breves** – G. Apollinaire
123.**Taipi** – Herman Melville
124.**Livro dos desaforos** – org. de Sergio Faraco
125.**A mão e a luva** – Machado de Assis

26.**Doutor Miragem** – Moacyr Scliar
27.**O penitente** – Isaac B. Singer
28.**Diários da descoberta da América** – C.Colombo
29.**Édipo Rei** – Sófocles
30.**Romeu e Julieta** – Shakespeare
31.**Hollywood** – Charles Bukowski
32.**Billy the Kid** – Pat Garrett
33.**Cuca fundida** – Woody Allen
34.**O jogador** – Dostoiévski
35.**O livro da selva** – Rudyard Kipling
36.**O vale do terror** – Arthur Conan Doyle
37.**Dançar tango em Porto Alegre** – S. Faraco
38.**O gaúcho** – Carlos Reverbel
39.**A volta ao mundo em oitenta dias** – J. Verne
40.**O livro dos esnobes** – W. M. Thackeray
41.**Amor & morte em Poodle Springs** – Raymond Chandler & R. Parker
142.**As aventuras de David Balfour** – Stevenson
143.**Alice no país das maravilhas** – Lewis Carroll
144.**A ressurreição** – Machado de Assis
145.**Inimigos, uma história de amor** – I. Singer
146.**O Guarani** – José de Alencar
147.**A cidade e as serras** – Eça de Queiroz
148.**Eu e outras poesias** – Augusto dos Anjos
149.**A mulher de trinta anos** – Balzac
150.**Pomba enamorada** – Lygia F. Telles
151.**Contos fluminenses** – Machado de Assis
152.**Antes de Adão** – Jack London
153.**Intervalo amoroso** – A.Romano de Sant'Anna
154.**Memorial de Aires** – Machado de Assis
155.**Naufrágios e comentários** – Cabeza de Vaca
156.**Ubirajara** – José de Alencar
157.**Textos anarquistas** – Bakunin
159.**Amor de salvação** – Camilo Castelo Branco
160.**O gaúcho** – José de Alencar
161.**O livro das maravilhas** – Marco Polo
162.**Inocência** – Visconde de Taunay
163.**Helena** – Machado de Assis
164.**Uma estação de amor** – Horácio Quiroga
165.**Poesia reunida** – Martha Medeiros
166.**Memórias de Sherlock Holmes** – Conan Doyle
167.**A vida de Mozart** – Stendhal
168.**O primeiro terço** – Neal Cassady
169.**O mandarim** – Eça de Queiroz
170.**Um espinho de marfim** – Marina Colasanti
171.**A ilustre Casa de Ramires** – Eça de Queiroz
172.**Lucíola** – José de Alencar
173.**Antígona** – Sófocles – trad. Donaldo Schüler
174.**Otelo** – William Shakespeare
175.**Antologia** – Gregório de Matos
176.**A liberdade de imprensa** – Karl Marx
177.**Casa de pensão** – Aluísio Azevedo
178.**São Manuel Bueno, Mártir** – Unamuno
179.**Primaveras** – Casimiro de Abreu
180.**O noviço** – Martins Pena
181.**O sertanejo** – José de Alencar
182.**Eurico, o presbítero** – Alexandre Herculano
183.**O signo dos quatro** – Conan Doyle
184.**Sete anos no Tibet** – Heinrich Harrer
185.**Vagamundo** – Eduardo Galeano
186.**De repente acidentes** – Carl Solomon
187.**As minas de Salomão** – Rider Haggar
188.**Uivo** – Allen Ginsberg
189.**A ciclista solitária** – Conan Doyle
190.**Os seis bustos de Napoleão** – Conan Doyle
191.**Cortejo do divino** – Nelida Piñon
194.**Os crimes do amor** – Marquês de Sade
195.**Besame Mucho** – Mário Prata
196.**Tuareg** – Alberto Vázquez-Figueroa
197.**O longo adeus** – Raymond Chandler
199.**Notas de um velho safado** – C. Bukowski
200.**111 ais** – Dalton Trevisan
201.**O nariz** – Nicolai Gogol
202.**O capote** – Nicolai Gogol
203.**Macbeth** – William Shakespeare
204.**Heráclito** – Donaldo Schüler
205.**Você deve desistir, Osvaldo** – Cyro Martins
206.**Memórias de Garibaldi** – A. Dumas
207.**A arte da guerra** – Sun Tzu
208.**Fragmentos** – Caio Fernando Abreu
209.**Festa no castelo** – Moacyr Scliar
210.**O grande deflorador** – Dalton Trevisan
212.**Homem do princípio ao fim** – Millôr Fernandes
213.**Aline e seus dois namorados (1)** – A. Iturrusgarai
214.**A juba do leão** – Sir Arthur Conan Doyle
215.**Assassino metido a esperto** – R. Chandler
216.**Confissões de um comedor de ópio** – T.De Quincey
217.**Os sofrimentos do jovem Werther** – Goethe
218.**Fedra** – Racine / Trad. Millôr Fernandes
219.**O vampiro de Sussex** – Conan Doyle
220.**Sonho de uma noite de verão** – Shakespeare
221.**Dias e noites de amor e de guerra** – Galeano
222.**O Profeta** – Khalil Gibran
223.**Flávia, cabeça, tronco e membros** – M. Fernandes
224.**Guia da ópera** – Jeanne Suhamy
225.**Macário** – Álvares de Azevedo
226.**Etiqueta na prática** – Celia Ribeiro
227.**Manifesto do partido comunista** – Marx & Engels
228.**Poemas** – Millôr Fernandes
229.**Um inimigo do povo** – Henrik Ibsen
230.**O paraíso destruído** – Frei B. de las Casas
231.**O gato no escuro** – Josué Guimarães
232.**O mágico de Oz** – L. Frank Baum
233.**Armas no Cyrano's** – Raymond Chandler
234.**Max e os felinos** – Moacyr Scliar
235.**Nos céus de Paris** – Alcy Cheuiche
236.**Os bandoleiros** – Schiller
237.**A primeira coisa que eu botei na boca** – Deonísio da Silva
238.**As aventuras de Simbad, o marújo**
239.**O retrato de Dorian Gray** – Oscar Wilde
240.**A carteira de meu tio** – J. Manuel de Macedo
241.**A luneta mágica** – J. Manuel de Macedo
242.**A metamorfose** – Kafka
243.**A flecha de ouro** – Joseph Conrad
244.**A ilha do tesouro** – R. L. Stevenson
245.**Marx - Vida & Obra** – José A. Giannotti
246.**Gênesis**
247.**Unidos para sempre** – Ruth Rendell
248.**A arte de amar** – Ovídio
249.**O sono eterno** – Raymond Chandler
250.**Novas receitas do Anonymus Gourmet** – J.A.P.M.
251.**A nova catacumba** – Arthur Conan Doyle
252.**Dr. Negro** – Arthur Conan Doyle
253.**Os voluntários** – Moacyr Scliar
254.**A bela adormecida** – Irmãos Grimm

255.**O príncipe sapo** – Irmãos Grimm
256.**Confissões** *e* **Memórias** – H. Heine
257.**Viva o Alegrete** – Sergio Faraco
258.**Vou estar esperando** – R. Chandler
259.**A senhora Beate e seu filho** – Schnitzler
260.**O ovo apunhalado** – Caio Fernando Abreu
261.**O ciclo das águas** – Moacyr Scliar
262.**Millôr Definitivo** – Millôr Fernandes
264.**Viagem ao centro da Terra** – Júlio Verne
265.**A dama do lago** – Raymond Chandler
266.**Caninos brancos** – Jack London
267.**O médico e o monstro** – R. L. Stevenson
268.**A tempestade** – William Shakespeare
269.**Assassinatos na rua Morgue** – E. Allan Poe
270.**99 corruíras nanicas** – Dalton Trevisan
271.**Broquéis** – Cruz e Sousa
272.**Mês de cães danados** – Moacyr Scliar
273.**Anarquistas – vol. 1 – A idéia** – G. Woodcock
274.**Anarquistas – vol. 2 – O movimento** – G. Woodcock
275.**Pai e filho, filho e pai** – Moacyr Scliar
276.**As aventuras de Tom Sawyer** – Mark Twain
277.**Muito barulho por nada** – W. Shakespeare
278.**Elogio da loucura** – Erasmo
279.**Autobiografia de Alice B. Toklas** – G. Stein
280.**O chamado da floresta** – J. London
281.**Uma agulha para o diabo** – Ruth Rendell
282.**Verdes vales do fim do mundo** – A. Bivar
283.**Ovelhas negras** – Caio Fernando Abreu
284.**O fantasma de Canterville** – O. Wilde
285.**Receitas de Yayá Ribeiro** – Celia Ribeiro
286.**A galinha degolada** – H. Quiroga
287.**O último adeus de Sherlock Holmes** – A. Conan Doyle
288.**A. Gourmet** *em* **Histórias de cama & mesa** – J. A. Pinheiro Machado
289.**Topless** – Martha Medeiros
290.**Mais receitas do Anonymus Gourmet** – J. A. Pinheiro Machado
291.**Origens do discurso democrático** – D. Schüler
292.**Humor politicamente incorreto** – Nani
293.**O teatro do bem e do mal** – E. Galeano
294.**Garibaldi & Manoela** – J. Guimarães
295.**10 dias que abalaram o mundo** – John Reed
296.**Numa fria** – Charles Bukowski
297.**Poesia de Florbela Espanca** vol. 1
298.**Poesia de Florbela Espanca** vol. 2
299.**Escreva certo** – E. Oliveira e M. E. Bernd
300.**O vermelho e o negro** – Stendhal
301.**Ecce homo** – Friedrich Nietzsche
302(7).**Comer bem, sem culpa** – Dr. Fernando Lucchese, A. Gourmet e Iotti
303.**O livro de Cesário Verde** – Cesário Verde
305.**100 receitas de macarrão** – S. Lancellotti
306.**160 receitas de molhos** – S. Lancellotti
307.**100 receitas light** – H. e Â. Tonetto
308.**100 receitas de sobremesas** – Celia Ribeiro
309.**Mais de 100 dicas de churrasco** – Leon Diziekaniak
310.**100 receitas de acompanhamentos** – C. Cabeda
311.**Honra ou vendetta** – S. Lancellotti
312.**A alma do homem sob o socialismo** – Oscar Wilde
313.**Tudo sobre Yôga** – Mestre De Rose
314.**Os varões assinalados** – Tabajara Ruas
315.**Édipo em Colono** – Sófocles
316.**Lisístrata** – Aristófanes / trad. Millôr
317.**Sonhos de Bunker Hill** – John Fante
318.**Os deuses de Raquel** – Moacyr Scliar
319.**O colosso de Marússia** – Henry Miller
320.**As eruditas** – Molière / trad. Millôr
321.**Radicci 1** – Iotti
322.**Os Sete contra Tebas** – Ésquilo
323.**Brasil Terra à vista** – Eduardo Bueno
324.**Radicci 2** – Iotti
325.**Júlio César** – William Shakespeare
326.**A carta de Pero Vaz de Caminha**
327.**Cozinha Clássica** – Sílvio Lancellotti
328.**Madame Bovary** – Gustave Flaubert
329.**Dicionário do viajante insólito** – M. Scliar
330.**O capitão saiu para o almoço...** – Bukowski
331.**A carta roubada** – Edgar Allan Poe
332.**É tarde para saber** – Josué Guimarães
333.**O livro de bolso da Astrologia** – Maggy Harrisonx e Mellina Li
334.**1933 foi um ano ruim** – John Fante
335.**100 receitas de arroz** – Aninha Comas
336.**Guia prático do Português correto – vol. 1** – Cláudio Moreno
337.**Bartleby, o escriturário** – H. Melville
338.**Enterrem meu coração na curva do rio** – Dee Brown
339.**Um conto de Natal** – Charles Dickens
340.**Cozinha sem segredos** – J. A. P. Machado
341.**A dama das Camélias** – A. Dumas Filho
342.**Alimentação saudável** – H. e Â. Tonetto
343.**Continhos galantes** – Dalton Trevisan
344.**A Divina Comédia** – Dante Alighieri
345.**A Dupla Sertanojo** – Santiago
346.**Cavalos do amanhecer** – Mario Arregui
347.**Biografia de Vincent van Gogh por sua cunhada** – Jo van Gogh-Bonger
348.**Radicci 3** – Iotti
349.**Nada de novo no front** – E. M. Remarque
350.**A hora dos assassinos** – Henry Miller
351.**Flush - Memórias de um cão** – Virginia Woolf
352.**A guerra no Bom Fim** – M. Scliar
353(1).**O caso Saint-Fiacre** – Simenon
354(2).**Morte na alta sociedade** – Simenon
355(3).**O cão amarelo** – Simenon
356(4).**Maigret e o homem do banco** – Simenon
357.**As uvas e o vento** – Pablo Neruda
358.**On the road** – Jack Kerouac
359.**O coração amarelo** – Pablo Neruda
360.**Livro das perguntas** – Pablo Neruda
361.**Noite de Reis** – William Shakespeare
362.**Manual de Ecologia** – vol.1 – J. Lutzenberger
363.**O mais longo dos dias** – Cornelius Ryan
364.**Foi bom prá você?** – Nani
365.**Crepusculário** – Pablo Neruda
366.**A comédia dos erros** – Shakespeare
367(5).**A primeira investigação de Maigret** – Simenon
368(6).**As férias de Maigret** – Simenon
369.**Mate-me por favor (vol.1)** – L. McNeil
370.**Mate-me por favor (vol.2)** – L. McNeil
371.**Carta ao pai** – Kafka
372.**Os vagabundos iluminados** – J. Kerouac
373(7).**O enforcado** – Simenon

74(8).**A fúria de Maigret** – Simenon
75.**Vargas, uma biografia política** – H. Silva
76.**Poesia reunida (vol.1)** – A. R. de Sant'Anna
77.**Poesia reunida (vol.2)** – A. R. de Sant'Anna
78.**Alice no país do espelho** – Lewis Carroll
79.**Residência na Terra 1** – Pablo Neruda
80.**Residência na Terra 2** – Pablo Neruda
81.**Terceira Residência** – Pablo Neruda
82.**O delírio amoroso** – Bocage
83.**Futebol ao sol e à sombra** – E. Galeano
84(9).**O porto das brumas** – Simenon
85(10).**Maigret e seu morto** – Simenon
86.**Radicci 4** – Iotti
87.**Boas maneiras & sucesso nos negócios** – Celia Ribeiro
88.**Uma história Farroupilha** – M. Scliar
89.**Na mesa ninguém envelhece** – J. A. P. Machado
90.**200 receitas inéditas do Anonymus Gourmet** – J. A. Pinheiro Machado
391.**Guia prático do Português correto – vol.2** – Cláudio Moreno
392.**Breviário das terras do Brasil** – Assis Brasil
393.**Cantos Cerimoniais** – Pablo Neruda
394.**Jardim de Inverno** – Pablo Neruda
395.**Antonio e Cleópatra** – William Shakespeare
396.**Tróia** – Cláudio Moreno
397.**Meu tio matou um cara** – Jorge Furtado
398.**O anatomista** – Federico Andahazi
399.**As viagens de Gulliver** – Jonathan Swift
400.**Dom Quixote** – (v. 1) – Miguel de Cervantes
401.**Dom Quixote** – (v. 2) – Miguel de Cervantes
402.**Sozinho no Pólo Norte** – Thomaz Brandolin
403.**Matadouro 5** – Kurt Vonnegut
404.**Delta de Vênus** – Anaïs Nin
405.**O melhor de Hagar 2** – Dik Browne
406.**É grave Doutor?** – Nani
407.**Orai pornô** – Nani
408(11).**Maigret em Nova York** – Simenon
409(12).**O assassino sem rosto** – Simenon
410(13).**O mistério das jóias roubadas** – Simenon
411.**A irmãzinha** – Raymond Chandler
412.**Três contos** – Gustave Flaubert
413.**De ratos e homens** – John Steinbeck
414.**Lazarilho de Tormes** – Anônimo do séc. XVI
415.**Triângulo das águas** – Caio Fernando Abreu
416.**100 receitas de carnes** – Sílvio Lancellotti
417.**Histórias de robôs:** vol. 1 – org. Isaac Asimov
418.**Histórias de robôs:** vol. 2 – org. Isaac Asimov
419.**Histórias de robôs:** vol. 3 – org. Isaac Asimov
420.**O país dos centauros** – Tabajara Ruas
421.**A república de Anita** – Tabajara Ruas
422.**A carga dos lanceiros** – Tabajara Ruas
423.**Um amigo de Kafka** – Isaac Singer
424.**As alegres matronas de Windsor** – Shakespeare
425.**Amor e exílio** – Isaac Bashevis Singer
426.**Use & abuse do seu signo** – Marília Fiorillo e Marylou Simonsen
427.**Pigmaleão** – Bernard Shaw
428.**As fenícias** – Eurípides
429.**Everest** – Thomaz Brandolin
430.**A arte de furtar** – Anônimo do séc. XVI
431.**Billy Bud** – Herman Melville
432.**A rosa separada** – Pablo Neruda
433.**Elegia** – Pablo Neruda
434.**A garota de Cassidy** – David Goodis
435.**Como fazer a guerra: máximas de Napoleão** – Balzac
436.**Poemas escolhidos** – Emily Dickinson
437.**Gracias por el fuego** – Mario Benedetti
438.**O sofá** – Crébillon Fils
439.**O "Martín Fierro"** – Jorge Luis Borges
440.**Trabalhos de amor perdidos** – W. Shakespeare
441.**O melhor de Hagar 3** – Dik Browne
442.**Os Maias (volume1)** – Eça de Queiroz
443.**Os Maias (volume2)** – Eça de Queiroz
444.**Anti-Justine** – Restif de La Bretonne
445.**Juventude** – Joseph Conrad
446.**Contos** – Eça de Queiroz
447.**Janela para a morte** – Raymond Chandler
448.**Um amor de Swann** – Marcel Proust
449.**A paz perpétua** – Immanuel Kant
450.**A conquista do México** – Hernan Cortez
451.**Defeitos escolhidos e 2000** – Pablo Neruda
452.**O casamento do céu e do inferno** – William Blake
453.**A primeira viagem ao redor do mundo** – Antonio Pigafetta
454(14).**Uma sombra na janela** – Simenon
455(15).**A noite da encruzilhada** – Simenon
456(16).**A velha senhora** – Simenon
457.**Sartre** – Annie Cohen-Solal
458.**Discurso do método** – René Descartes
459.**Garfield em grande forma (1)** – Jim Davis
460.**Garfield está de dieta** (2) – Jim Davis
461.**O livro das feras** – Patricia Highsmith
462.**Viajante solitário** – Jack Kerouac
463.**Auto da barca do inferno** – Gil Vicente
464.**O livro vermelho dos pensamentos de Millôr** – Millôr Fernandes
465.**O livro dos abraços** – Eduardo Galeano
466.**Voltaremos!** – José Antonio Pinheiro Machado
467.**Rango** – Edgar Vasques
468(8).**Dieta mediterrânea** – Dr. Fernando Lucchese e José Antonio Pinheiro Machado
469.**Radicci 5** – Iotti
470.**Pequenos pássaros** – Anaïs Nin
471.**Guia prático do Português correto – vol.3** – Cláudio Moreno
472.**Atire no pianista** – David Goodis
473.**Antologia Poética** – García Lorca
474.**Alexandre e César** – Plutarco
475.**Uma espiã na casa do amor** – Anaïs Nin
476.**A gorda do Tiki Bar** – Dalton Trevisan
477.**Garfield um gato de peso (3)** – Jim Davis
478.**Canibais** – David Coimbra
479.**A arte de escrever** – Arthur Schopenhauer
480.**Pinóquio** – Carlo Collodi
481.**Misto-quente** – Charles Bukowski
482.**A lua na sarjeta** – David Goodis
483.**O melhor do Recruta Zero (1)** – Mort Walker
484.**Aline: TPM – tensão pré-monstrual (2)** – Adão Iturrusgarai
485.**Sermões do Padre Antonio Vieira**
486.**Garfield numa boa (4)** – Jim Davis
487.**Mensagem** – Fernando Pessoa
488.**Vendeta** *seguido de* **A paz conjugal** – Balzac
489.**Poemas de Alberto Caeiro** – Fernando Pessoa

490.**Ferragus** – Honoré de Balzac
491.**A duquesa de Langeais** – Honoré de Balzac
492.**A menina dos olhos de ouro** – Honoré de Balzac
493.**O lírio do vale** – Honoré de Balzac
494(17).**A barcaça da morte** – Simenon
495(18).**As testemunhas rebeldes** – Simenon
496(19).**Um engano de Maigret** – Simenon
497(1).**A noite das bruxas** – Agatha Christie
498(2).**Um passe de mágica** – Agatha Christie
499(3).**Nêmesis** – Agatha Christie
500.**Esboço para uma teoria das emoções** – Sartre
501.**Renda básica de cidadania** – Eduardo Suplicy
502(1).**Pílulas para viver melhor** – Dr. Lucchese
503(2).**Pílulas para prolongar a juventude** – Dr. Lucchese
504(3).**Desembarcando o diabetes** – Dr. Lucchese
505(4).**Desembarcando o sedentarismo** – Dr. Fernando Lucchese e Cláudio Castro
506(5).**Desembarcando a hipertensão** – Dr. Lucchese
507(6).**Desembarcando o colesterol** – Dr. Fernando Lucchese e Fernanda Lucchese
508.**Estudos de mulher** – Balzac
509.**O terceiro tira** – Flann O'Brien
510.**100 receitas de aves e ovos** – J. A. P. Machado
511.**Garfield em toneladas de diversão** (5) – Jim Davis
512.**Trem-bala** – Martha Medeiros
513.**Os cães ladram** – Truman Capote
514.**O Kama Sutra de Vatsyayana**
515.**O crime do Padre Amaro** – Eça de Queiroz
516.**Odes de Ricardo Reis** – Fernando Pessoa
517.**O inverno da nossa desesperança** – Steinbeck
518.**Piratas do Tietê (1)** – Laerte
519.**Rê Bordosa: do começo ao fim** – Angeli
520.**O Harlem é escuro** – Chester Himes
521.**Café-da-manhã dos campeões** – Kurt Vonnegut
522.**Eugénie Grandet** – Balzac
523.**O último magnata** – F. Scott Fitzgerald
524.**Carol** – Patricia Highsmith
525.**100 receitas de patisseria** – Sílvio Lancellotti
526.**O fator humano** – Graham Greene
527.**Tristessa** – Jack Kerouac
528.**O diamante do tamanho do Ritz** – S. Fitzgerald
529.**As melhores histórias de Sherlock Holmes** – Arthur Conan Doyle
530.**Cartas a um jovem poeta** – Rilke
531(20).**Memórias de Maigret** – Simenon
532(4).**O misterioso sr. Quin** – Agatha Christie
533.**Os analectos** – Confúcio
534(21).**Maigret e os homens de bem** – Simenon
535(22).**O medo de Maigret** – Simenon
536.**Ascensão e queda de César Birotteau** – Balzac
537.**Sexta-feira negra** – David Goodis
538.**Ora bolas – O humor de Mario Quintana** – Juarez Fonseca
539.**Longe daqui aqui mesmo** – Antonio Bivar
540(5).**É fácil matar** – Agatha Christie
541.**O pai Goriot** – Balzac
542.**Brasil, um país do futuro** – Stefan Zweig
543.**O processo** – Kafka
544.**O melhor de Hagar 4** – Dik Browne
545(6).**Por que não pediram a Evans?** – Agatha Christie
546.**Fanny Hill** – John Cleland
547.**O gato por dentro** – William S. Burroughs
548.**Sobre a brevidade da vida** – Sêneca
549.**Geraldão (1)** – Glauco
550.**Piratas do Tietê (2)** – Laerte
551.**Pagando o pato** – Ciça
552.**Garfield de bom humor (6)** – Jim Davis
553.**Conhece o Mário?** vol.1 – Santiago
554.**Radicci 6** – Iotti
555.**Os subterrâneos** – Jack Kerouac
556(1).**Balzac** – François Taillandier
557(2).**Modigliani** – Christian Parisot
558(3).**Kafka** – Gérard-Georges Lemaire
559(4).**Júlio César** – Joël Schmidt
560.**Receitas da família** – J. A. Pinheiro Machad
561.**Boas maneiras à mesa** – Celia Ribeiro
562(9).**Filhos sadios, pais felizes** – R. Pagnoncelli
563(10).**Fatos & mitos** – Dr. Fernando Lucches
564.**Ménage à trois** – Paula Taitelbaum
565.**Mulheres!** – David Coimbra
566.**Poemas de Álvaro de Campos** – Fernando Pesso
567.**Medo e outras histórias** – Stefan Zweig
568.**Snoopy e sua turma (1)** – Schulz
569.**Piadas para sempre (1)** – Visconde da Casa Verd
570.**O alvo móvel** – Ross Macdonald
571.**O melhor do Recruta Zero (2)** – Mort Walke
572.**Um sonho americano** – Norman Mailer
573.**Os broncos também amam** – Angeli
574.**Crônica de um amor louco** – Bukowski
575(5).**Freud** – René Major e Chantal Talagran
576(6).**Picasso** – Gilles Plazy
577(7).**Gandhi** – Christine Jordis
578.**A tumba** – H. P. Lovecraft
579.**O príncipe e o mendigo** – Mark Twain
580.**Garfield, um charme de gato (7)** – Jim Davi
581.**Ilusões perdidas** – Balzac
582.**Esplendores e misérias das cortesãs** – Balzac
583.**Walter Ego** – Angeli
584.**Striptiras (1)** – Laerte
585.**Fagundes: um puxa-saco de mão cheia** – Laerte
586.**Depois do último trem** – Josué Guimarães
587.**Ricardo III** – Shakespeare
588.**Dona Anja** – Josué Guimarães
589.**24 horas na vida de uma mulher** – Stefan Zweig
590.**O terceiro homem** – Graham Greene
591.**Mulher no escuro** – Dashiell Hammett
592.**No que acredito** – Bertrand Russell
593.**Odisséia (1): Telemaquia** – Homero
594.**O cavalo cego** – Josué Guimarães
595.**Henrique V** – Shakespeare
596.**Fabulário geral do delírio cotidiano** – Bukowski
597.**Tiros na noite 1: A mulher do bandido** – Dashiell Hammett
598.**Snoopy em Feliz Dia dos Namorados! (2)** – Schulz
599.**Mas não se matam cavalos?** – Horace McCoy
600.**Crime e castigo** – Dostoiévski
601(7).**Mistério no Caribe** – Agatha Christie
602.**Odisséia (2): Regresso** – Homero
603.**Piadas para sempre (2)** – Visconde da Casa Verde
604.**À sombra do vulcão** – Malcolm Lowry
605(8).**Kerouac** – Yves Buin
606.**E agora são cinzas** – Angeli
607.**As mil e uma noites** – Paulo Caruso
608.**Um assassino entre nós** – Ruth Rendell
609.**Crack-up** – F. Scott Fitzgerald

610.**Do amor** – Stendhal
611.**Cartas do Yage** – William Burroughs e Allen Ginsberg
612.**Striptiras (2)** – Laerte
613.**Henry & June** – Anaïs Nin
614.**A piscina mortal** – Ross Macdonald
615.**Geraldão (2)** – Glauco
616.**Tempo de delicadeza** – A. R. de Sant'Anna
617.**Tiros na noite 2: Medo de tiro** – Dashiell Hammett
618.**Snoopy em Assim é a vida, Charlie Brown! (3)** – Schulz
619.**1954 – Um tiro no coração** – Hélio Silva
620.**Sobre a inspiração poética (Íon)** e ... – Platão
621.**Garfield e seus amigos (8)** – Jim Davis
622.**Odisséia (3): Ítaca** – Homero
623.**A louca matança** – Chester Himes
624.**Factótum** – Charles Bukowski
625.**Guerra e Paz: volume 1** – Tolstói
626.**Guerra e Paz: volume 2** – Tolstói
627.**Guerra e Paz: volume 3** – Tolstói
628.**Guerra e Paz: volume 4** – Tolstói
629(9).**Shakespeare** – Claude Mourthé
630.**Bem está o que bem acaba** – Shakespeare
631.**O contrato social** – Rousseau
632.**Geração Beat** – Jack Kerouac
633.**Snoopy: É Natal! (4)** – Charles Schulz
634(8).**Testemunha da acusação** – Agatha Christie
635.**Um elefante no caos** – Millôr Fernandes
636.**Guia de leitura (100 autores que você precisa ler)** – Organização de Léa Masina
637.**Pistoleiros também mandam flores** – David Coimbra
638.**O prazer das palavras** – vol. 1 – Cláudio Moreno
639.**O prazer das palavras** – vol. 2 – Cláudio Moreno
640.**Novíssimo testamento: com Deus e o diabo, a dupla da criação** – Iotti
641.**Literatura Brasileira: modos de usar** – Luís Augusto Fischer
642.**Dicionário de Porto-Alegrês** – Luís A. Fischer
643.**Clô Dias & Noites** – Sérgio Jockymann
644.**Memorial de Isla Negra** – Pablo Neruda
645.**Um homem extraordinário e outras histórias** – Tchékhov
646.**Ana sem terra** – Alcy Cheuiche
647.**Adultérios** – Woody Allen
648.**Para sempre ou nunca mais** – R. Chandler
649.**Nosso homem em Havana** – Graham Greene
650.**Dicionário Caldas Aulete de Bolso**
651.**Snoopy: Posso fazer uma pergunta, professora? (5)** – Charles Schulz
652(10).**Luís XVI** – Bernard Vincent
653.**O mercador de Veneza** – Shakespeare
654.**Cancioneiro** – Fernando Pessoa
655.**Non-Stop** – Martha Medeiros
656.**Carpinteiros, levantem bem alto a cumeeira & Seymour, uma apresentação** – J.D.Salinger
657.**Ensaios céticos** – Bertrand Russell
658.**O melhor de Hagar 5** – Dik e Chris Browne
659.**Primeiro amor** – Ivan Turguêniev
660.**A trégua** – Mario Benedetti
661.**Um parque de diversões da cabeça** – Lawrence Ferlinghetti
662.**Aprendendo a viver** – Sêneca
663.**Garfield, um gato em apuros (9)** – Jim Davis
664.**Dilbert 1** – Scott Adams
665.**Dicionário de dificuldades** – Domingos Paschoal Cegalla
666.**A imaginação** – Jean-Paul Sartre
667.**O ladrão e os cães** – Naguib Mahfuz
668.**Gramática do português contemporâneo** – Celso Cunha
669.**A volta do parafuso** *seguido de* **Daisy Miller** – Henry James
670.**Notas do subsolo** – Dostoiévski
671.**Abobrinhas da Brasilônia** – Glauco
672.**Geraldão (3)** – Glauco
673.**Piadas para sempre (3)** – Visconde da Casa Verde
674.**Duas viagens ao Brasil** – Hans Staden
675.**Bandeira de bolso** – Manuel Bandeira
676.**A arte da guerra** – Maquiavel
677 **Além do bem e do mal** – Nietzsche
678.**O coronel Chabert** *seguido de* **A mulher abandonada** – Balzac
679.**O sorriso de marfim** – Ross Macdonald
680.**100 receitas de pescados** – Sílvio Lancellotti
681.**O juiz e seu carrasco** – Friedrich Dürrenmatt
682.**Noites brancas** – Dostoiévski
683.**Quadras ao gosto popular** – Fernando Pessoa
684.**Romanceiro da Inconfidência** – Cecília Meireles
685.**Kaos** – Millôr Fernandes
686.**A pele de onagro** – Balzac
687.**As ligações perigosas** – Choderlos de Laclos
688.**Dicionário de matemática** – Luiz Fernandes Cardoso
689.**Os Lusíadas** – Luís Vaz de Camões
690(11).**Átila** – Éric Deschodt
691.**Um jeito tranqüilo de matar** – Chester Himes
692.**A felicidade conjugal** *seguido de* **O diabo** – Tolstói
693.**Viagem de um naturalista ao redor do mundo** – vol. 1 – Charles Darwin
694.**Viagem de um naturalista ao redor do mundo** – vol 2 – Charles Darwin
695.**Memórias da casa dos mortos** – Dostoiévski
696.**A Celestina** – Fernando de Rojas
697.**Snoopy: Como você é azarado, Charlie Brown! (6)** – Charles Schulz
698.**Dez (quase) amores** – Claudia Tajes
699(9).**Poirot sempre espera** – Agatha Christie
700.**Cecília de bolso** – Cecília Meireles
701.**Apologia de Sócrates** *precedido de* **Êutifron** e *seguido de* **Críton** – Platão
702.**Wood & Stock** – Angeli
703.**Striptiras (3)** – Laerte
704 **Discurso sobre a origem e os fundamentos da desigualdade entre os homens** – Rousseau
705.**Os duelistas** – Joseph Conrad
706.**Dilbert (2)** – Scott Adams
707.**Viver e escrever** (vol. 1) – Edla van Steen
708.**Viver e escrever** (vol. 2) – Edla van Steen
709.**Viver e escrever** (vol. 3) – Edla van Steen
710(10).**A teia da aranha** – Agatha Christie
711.**O banquete** – Platão
712.**Os belos e malditos** – F. Scott Fitzgerald
713.**Libelo contra a arte moderna** – Salvador Dalí

714.**Akropolis** – Valerio Massimo Manfredi
715.**Devoradores de mortos** – Michael Crichton
716.**Sob o sol da Toscana** – Frances Mayes
717.**Batom na cueca** – Nani
718.**Vida dura** – Claudia Tajes
719.**Carne trêmula** – Ruth Rendell
720.**Cris, a fera** – David Coimbra
721.**O anticristo** – Nietzsche
722.**Como um romance** – Daniel Pennac
723.**Emboscada no Forte Bragg** – Tom Wolfe
724.**Assédio sexual** – Michael Crichton
725.**O espírito do Zen** – Alan W.Watts
726.**Um bonde chamado desejo** – Tennessee Williams
727.**Como gostais** – Shakespeare
728.**Tratado sobre a tolerância** – Voltaire
729.**Snoopy: Doces ou travessuras? (7)** – Charles Schulz
730.**Cardápios do Anonymus Gourmet** – J.A. Pinheiro Machado
731.**100 receitas com lata** – J.A. Pinheiro Machado
732.**Conhece o Mário?** vol.2 – Santiago
733.**Dilbert (3)** – Scott Adams
734.**História de um louco amor** *seguido de* **Passado amor** – Horacio Quiroga
735(11).**Sexo: muito prazer** – Laura Meyer da Silva
736(12).**Para entender o adolescente** – Dr. Ronald Pagnoncelli
737(13).**Desembarcando a tristeza** – Dr. Fernando Lucchese
738.**Poirot e o mistério da arca espanhola & outras histórias** – Agatha Christie
739.**A última legião** – Valerio Massimo Manfredi
740.**As virgens suicidas** – Jeffrey Eugenides
741.**Sol nascente** – Michael Crichton
742.**Duzentos ladrões** – Dalton Trevisan
743.**Os devaneios do caminhante solitário** – Rousseau
744.**Garfield, o rei da preguiça (10)** – Jim Davis
745.**Os magnatas** – Charles R. Morris
746.**Pulp** – Charles Bukowski
747.**Enquanto agonizo** – William Faulkner
748.**Aline: viciada em sexo (3)** – Adão Iturrusgarai
749.**A dama do cachorrinho** – Anton Tchékhov
750.**Tito Andrônico** – Shakespeare
751.**Antologia poética** – Anna Akhmátova
752.**O melhor de Hagar 6** – Dik e Chris Browne
753(12).**Michelangelo** – Nadine Sautel
754.**Dilbert (4)** – Scott Adams
755.**O jardim das cerejeiras** *seguido de* **Tio Vânia** – Tchékhov
756.**Geração Beat** – Claudio Willer
757.**Santos Dumont** – Alcy Cheuiche
758.**Budismo** – Claude B. Levenson
759.**Cleópatra** – Christian-Georges Schwentzel
760. **Revolução Francesa** – Frédéric Bluche, Stéphane Rials e Jean Tulard
761.**A crise de 1929** – Bernard Gazier
762.**Sigmund Freud** – Edson Sousa e Paulo Endo
763.**Império Romano** – Patrick Le Roux
764.**Cruzadas** – Cécile Morrisson
765.**O mistério do Trem Azul** – Agatha Christie
766.**Os escrúpulos de Maigret** – Simenon
767.**Maigret se diverte** – Simenon
768.**Senso comum** – Thomas Paine
769.**O parque dos dinossauros** – Michael Crichton
770.**Trilogia da paixão** – Goethe
771.**A simples arte de matar** (vol.1) – R. Chandler
772.**A simples arte de matar** (vol.2) – R. Chandler
773.**Snoopy: No mundo da lua! (8)** – Charles Schulz
774.**Os Quatro Grandes** – Agatha Christie
775.**Um brinde de cianureto** – Agatha Christie
776.**Súplicas atendidas** – Truman Capote
777.**Ainda restam aveleiras** – Simenon
778.**Maigret e o ladrão preguiçoso** – Simenon
779.**A viúva imortal** – Millôr Fernandes
780.**Cabala** – Roland Goetschel
781.**Capitalismo** – Claude Jessua
782.**Mitologia grega** – Pierre Grimal
783.**Economia: 100 palavras-chave** – Jean-Paul Betbèze
784.**Marxismo** – Henri Lefebvre
785.**Punição para a inocência** – Agatha Christie
786.**A extravagância do morto** – Agatha Christie
787(13).**Cézanne** – Bernard Fauconnier
788.**A identidade Bourne** – Robert Ludlum
789.**Da tranquilidade da alma** – Sêneca
790.**Um artista da fome e outras histórias** – Kafka
791.**Histórias de fantasmas** – Charles Dickens
792.**A louca de Maigret** – Simenon
793.**O amigo de infância de Maigret** – Simenon
794.**O revólver de Maigret** – Simenon
795.**A fuga do sr. Monde** – Simenon
796.**O Uraguai** – Basílo da Gama
797.**A mão misteriosa** – Agatha Christie
798.**A testemunha ocular do crime** – Agatha Christie
799.**Crepúsculo dos ídolos** – Friedrich Nietzsche
800.**Maigret e o negociante de vinhos** – Simemon
801.**Maigret e o mendigo** – Simenon
802.**O grande golpe** – Dashiell Hammett
803.**Humor barra pesada** – Nani
804.**Vinho** – Jean-François Gautier
805.**Egito Antigo** – Sophie Desplancques

IMPRESSÃO:

GRÁFICA EDITORA
Pallotti
IMAGEM DE QUALIDADE

*Santa Maria - RS - Fone/Fax: (55) 3220.4500*
***www.pallotti.com.br***